子どもと大人と親のはなし

～町の一音楽教師から見えた世の中～

草の実 アイ
KUSANOMI Ai

文芸社

まえがき

『子どもと大人と親のはなし』について、私の数十年の音楽教師の体験から、見聞きしたもの、感じたこと、考えたこと、を発表しようと思います。

1作目『女と男のはなし〜町の一音楽教師から見えた世の中〜』でも書きましたが、はじめに、「この私」とは何者かを、説明したいと思います。

私とは、数十年間音楽の仕事のみに関わり、演奏業、教える活動、何人かの先生にお手伝いいただいた教室経営をずっとやってきた者です。音楽でお金を頂いてきたプロであります。

性別は女。日本人。日本の生まれ育ち。

仕事の中で触れ合う人は子どもが多く、子どもの視線から見えた大人の世界、親への気持などを直接身近に感じることが多かったです。これらの話を是非聞いていただきたいと思います。それに加え、大人の生徒さん、親御さん、同業者、周りの大人から聞いた話も聞いて下さい。話に出てくる子ども、大人、親たちには男女共がおり、また文の中で出てくる年齢は、すべて話を聞いた当時の年齢です。

話の中には、音楽経験だけに限らず、若くないと言われる年齢まで生きた私の日常経験からのものも含まれてくると思います。

また、私は読書好きでもあるので、仕事の合間に読んだ本から得た知識も織り交ぜていきたいと思います。

私の仕事で扱っているのは音楽だけでありますが、子どもたちの色々な話は、仕事上はもちろん、人生上でも考えるべきことがたくさんあるなと思わされました。読んだ方が一緒に考えて下されば幸いです。

目次

第一章　子どもがお母さんのお腹の中にいる時から、生まれた後の親の子育て

お腹の中にいる時に聞こえるもの

この話は、あかちゃんがお母さんのお腹の中にいるところから、年齢が上がっていく順に進めていこうと思います。この順は、およその順になるでしょう、所々戻ったりすると思います。現在、２０２３年、そこまでに私が見聞した事をお聞きください。

子どもの話には当然妊娠出産した母、それに関わった父の話も出てきますので、子どもの話の前に、妊娠出産育児の話、その苦労話から始めます。

同業者から聞いた話です。彼女はめでたく妊娠し、順調に5か月を経過しました。

「お風呂に入っていると、お腹の子どもが気持よさそうに身体を動かしているのがわかるの」という報告が来ます。

彼女は妊娠安定期に入って、鍵盤演奏をしていました。これまで好きだった自分の曲などを弾いていたのですが、

「ちょっと激しい曲を演奏すると（この場合リズムに乗ったロックテイストの曲）お腹の子どもが嫌がって、お腹を盛んに蹴るの」と言っていて、弾く曲を穏やかなものに変えたとのことです。

〝妊娠期、お腹にいる子どもの耳は聞こえている〟ことはよく知られていますが、実際に体験した人からの言葉からもよくわかります。得た知識によると、お腹の子どもが聞いている音のほとんどは、お母さんの体内に流れている体液が循環している音だそうですが、お腹の外の音も十分聞こえているようですね。

ちなみに、これに近いことをネコで体験した生徒さんがいて、普段は飼い主の彼女にとてもよく懐いているのに、彼女の好きなリズムの激しい曲を弾き始めると、飼っているネコ数匹がドアに駆け寄り、爪でドアを引っかくそうです。ネコの気持は、

〝この音ヤダ、耐えられない、ここから出してくれ〟ということでしょう。

音には快を感じる音、不快を感じる音はありますが、音楽の中にも快感サウンド、不快感サウンドがあるということが、お腹のあかちゃんからも教えられます。あかちゃんがみんな同じ感覚かどうかはわかりません。音楽をやっている私としては、ほかのあかちゃんの感覚も同じなのか？　それとも違うのか？　が知りたくなってきます。

ここではわからないまま話を進めます。

あかちゃんは大人になっても同じ感覚を持ち続けているでしょうか？　大人になると、この不快だったハードロック系のサウンドが、人によっては快感になったりします。私のことを言えば、私もハードなロックのサウンドに快感を覚えることが多い人間です。この変化はどこから来るのか？　全くの推測ですが、

1、成長につれ身体が変わるから

2、自分を取り巻く環境によって快不快が左右されるから

などが考えられます。考えていくと面白い問題ですが、この文ではこれ以上は追求しないようにしようと思います。

つわりの色々、出産の色々

あかちゃんが生まれる、と一言で言っても、お母さんのツワリ、出産の苦労話を抜かして考えるわけにはいきません。

ツワリについて。ツワリといっても、人によって程度の差がかなりあるようだ、ということはよく知られていますが、私の周りでも色々な程度の方がいました。

私の生徒さんの一人はきちんとした人で、欠席遅刻の連絡は絶対に欠かさない人でした。ところが、ある日、無断欠席。何故？　後でわかったことは、一人目の妊娠のツワリのせいでした。妊娠した直後から、寝たきりになり、体や顔を少しでも動かすと、吐いてしまうというヒドさ。受話器を持って口を開くことすら不可能だったそうです。携帯電話普及前のことでした。

２０００年代に入って何年も過ぎた今、メールもあるし、と思う方もいると思いますが、どうでしょうか。携帯を寝ながら体を微動だにさせずに扱えるかな？

彼女は、出産後、生まれた子どもはとてもかわいいけれど、「ツワリの苦しさを思うと二人目はいらない」と言っていました。


同業者の、ツワリをものともしなかった例です。

「出産一週間前まで仕事していた」と自慢げに言う人がいました。周りの人からも賞賛の目で見られていました。音楽の仕事はどちらかと言えば立ち仕事、妊娠して立っているだけでも大変ではないかなぁ、と思われますが、スゴイパワーだと思いました。


出産時の話、出産の苦労にも程度が色々あるようです。

まず安産の方の話から。同業者で、子どもは二人とも安産だったとのことです。

夜中、病院のベッドに一人でいたところ、陣痛がひどくなったのでコールのボタンを押し、その後すぐ医師と看護師さん共に来てくれたのですが、時すでに遅し。あかちゃんは生まれてきた後でした。ボタンを押してから来てくれるまで5分間位でしょうか？　その病院はまあまあ大きい病院だったそうです。彼女はその間、「早く来てぇ」と念じていたそうです。

次は、激痛の出産の方の話。生徒さんから。一人目出産の後、「安産でした、こんなものだったらいくらでもうんでみせる」と、やはり自慢げに話していましたが、その後、二人目をうんだ時には言うことが変わりました。今、二人目と言いましたが、実際は二人目と三人目＝双子だったのです。

「一人目の出産とは全く違って、激痛でした」との報告が来ました。


ところでツワリとは、体内に異物があって異物に対するヒトの反応、ということだそうです。へその緒だけでつながっている母子、血管はつながってはいません。

改めて母体とはすごいものですね、異物を体内に包含できる、10か月近くも。まずここに頭が下がるのです。音楽教室が成り立つのも、お母さんがツワリに耐え、出産の痛みに耐えた結果のお子さん（&昔お子さんだった人）を送り込んでくれるからであります。音楽教室のみに限らず、すべての職業は〝人〟がいてくれるから成り立っているわけで、その〝人〟はすべて母体から出てきたわけです。

生徒さんで、出産子育て経験者が言っていました、

〝男、男といばるじゃないよ、男どこから出てきたの？〟と都々逸風なことを。
現在、少子化対策と政治家などが唱えているのも、労働力が欲しいからでしょうか？　どうであっても、女の人が頑張ってくれなければどうにもならないのです。

また、ここで思う事があります。よく血がつながっている、とかつながっていない、と言う人がいますが、母体の中ではへその緒でつながっていて血管はつながっておらず、母子の血液型も違ったりするわけです。ＲＨ－の人がＲＨ＋の子をうんだりします。ＤＮＡのつながりはあるのですが〝血がつながる〟という言葉は私には違和感があります。この言葉は死語になってもいいのではないかな、と思いますね。

それに関して10歳代女性の生徒さんの例から。彼女のお母さんは娘に対して、「お前は私のお腹の中から生まれてきたのだから、お前のことは何でも全部わかっているんだよ」と言ったそうです。
娘さんは、「お母さんは、私のことをわかってくれていないのに、自信を持ってこう言ってくる。それが嫌だ」と嫌がっていました。

お腹にいる時から、あくまで子どもは異物＝他人です。そのためにツワリというものがあるのですから。こういうことを言うお母さんの思い込みはやめてもらった方が良いと思います、お子さんも嫌がっていますよ。

出産について、出産とは何か？　改めてこのことを書きます。

出産という事業は、世の中で起きている出来事の中でかなり特殊な事に思われます。お腹のあかちゃんが、〝今出ていきたい〟と思っても、お母さんがその気になって、その態勢にならなければ出ていけない、逆にお母さんが〝今うみたい〟と思っても、お腹のあかちゃんがそこまで育っていなければ、あかちゃんは出てこない、うめないのです。つまり、全く二者が一体にならなければ成し遂げられない事業と言えます。これに肩を並べられる事は、ほかに何かあるのか？　ここまでの一体になった事業は思い付かないです。スゴイことですね。

子どもはかわいい、でもかわいいと思わない人もいる

さて、あかちゃんが生まれて来ました。

生まれた直後はよく言われるように〝猿みたい〟ということでかわいいというわけではないようですが、数日でかわいくなってきます。そして親をはじめ、周りの人が〝かわいい〟と思いながら接していく、これが一般的な流れだと思いますが、ここでは初めに、〝かわいいと思えなかった〟という例を出してみます。

音楽をやっている知り合いの人の妻の話です。

生まれた直後に、「かわいくない、抱きたくない」と叫んだそうです。それは、子どもが猿顔だったからではなく、このお母さんの〝抱きたくない〟は、1年以上続いたそうです。こういうお母さんも何人かおられるようです。原因は、医学的には〝ホルモンのバランスが乱れるから〟など言われているようですが、本人は苦しいようでした。〝母である限り自分の子はかわいいはず、抱けるはず、抱けない自分は何かおかしい〟と思って自分を

責め、ますます暗い穴に落ち込んでいくという悪循環。世の中色んなことで苦しんでいる人がいるんだなぁ、と思いました。

音楽教室でお子さんを教えている私をはじめ同業者には、〝子どもってかわいいに決まってるじゃない〟と思ってる人が多いので、子どもがかわいくない人がいるということを知って、ちょっと驚きでした。

先の例は極端に病的とも言える例でしたが、女の人で〝子どもをかわいいと思えない〟という人は世の中に結構いるのだということがわかってきました。

音楽教室でお子さんと入れ違いになる時など、距離をとって触れないようにしている独身女性の生徒さん。

「自分の子が生まれるまでは、子どもに寄るのも触るのも嫌だった」という音楽教室の場所提供をしている（大家さん）女性。

「自分の子の子育てが終わったら、人の子なんて全然かわいいと思えない」という女性の生徒さん。

後輩の独身の音楽教師から受けた相談は、

「子どもを教えると、子どもが寄ってきて服に触ったりするのが嫌だ、汚れるし」と言っていました。だからといって、「汚れてもいい服を着ると、職業上きちんとした服にならないから問題だし」とのことです。

子ども好き人間から言わせれば、〝寄ってきたり触ったりするから子どもはかわいいんじゃない、子どもからすれば、先生がどんな服を着ていようがそんなことは意識の外ではないのか？〟ということになるのですが。

子ども好きでない女性が意外に多いことを私は知り、かつその子ども好きでない女性が、自分の子どもに責任を持ってしっかり育てているのだとわかった時、その子育てプロ意識は大したものだな、と思いました。古来、女（男も）の子育てをちゃんとやってきたという伝統は改めてスゴイことです。この伝統は大切にしていくべきでしょう。今、きちんと育ててない人（児童虐待）の存在が社会問題となっていますが、伝統が途切れていっているることによってこの問題が起こってしまっているのではないか？　と思えます。またこのまま伝統が途切れていく事例が多くなると、問題が広がっていくのではないかと危惧します。

子育てについての男の気持

　では、子ども嫌いから子ども好きの人の話に移ります。

〝自分の子がかわいい〟という例はあまりにも一般的なので書く程のこともないですが、その中でも思い出す具体的な言葉いくつかを書いてみます。以下、生徒さんの女性数人、一人は男性から。

「自分の子が世界で一番かわいい、と思って（しまって）います」

「今、自分の子がかわいくてかわいくてしょうがない」

「かわいくて、自分の息子がほかの女に心がとられるのは（将来という意味でしょう）嫌だ」

「子どもってかけがえのないもの、大切なもの」

「子育てが終わって考えてみたら子育てにお金がかかったなぁと思った、家が一軒建っちゃう程、でも家一軒より子どもがいる方がいい」

私の音楽教室の発表パーティで、あるお父さんの自作自演の発表がありました。内容は、〝かわいかった娘がだんだん大人になって自分から離れ、いつかよその人のところへ行くさみしさ〟というものでしたが、聞いている大人の人たちからも〝気持がわかる〟などと共感を得ていました。

男にとっても、女にとっても、自分の子はかわいいものなのです。

そう言えば、日本の歌謡曲で〝娘が嫁に行くのがさみしい〟という男親の気持を歌った曲がヒットしたことはありましたが、〝息子がほかの女性の方に行ってしまうのが嫌だ〟と母の気持を歌った曲は聞いたことがないです。どうしてでしょうか？　考えると面白そうですが、このことについてはまた後述します。

また、〝子どもがかわいい〟と思うのは大人だけではありません。小学1年生の男の子は、「弟が骨折して手が使えなくなったので、僕がご飯を食べさせてあげてる、弟はかわいい」と言っていました。毎度毎度、スプーンを口に持っていってやっているなんて、彼もよく頑張る子だなぁ、と私は感心しました。また、小学1年生でも十分親の手伝いはできるのだなとも思いました。彼、このことは親に言われてやっているのではなく、自主的にやっているのです。

ほかにも、同業者が、「三人目の子が生まれたのですが、上の二人のお兄ちゃんたちが、その子を毎日かわいがっている」と言っていました。

またほかにも、お休みの日にいとこと遊ぶのが楽しみとか、いとこがかわいいという話も子どもの生徒さんから聞きました。

人をかわいがる心はこうやって育っていくのだな、と思いました。人間にはこの気持は大切だと思います。

しかしながら、お兄ちゃん、お姉ちゃんは、よく言われるように、親と違って責任感がありません、自分のことで頭がいっぱいになったり、下の子がかわいくないと思ったりしてしまえば、飽きてきて、かわいがらなくなってしまいますが。

音楽教室で子どもを教えている人は、たぶん平均より子ども好きの人間が多いと思われますが、次はその教えている人の発言です、

「私はものすごく子どもが好きなので、自分の子が生まれたらさぞかしもっとずっとかわいいんだろうな、と思って楽しみにしていたのですけど、うんでみたらそれ程でもなかっ

た」と言った女性がいました。こういう例もありました。子どもをとっても好きな人には、こういう感想もあります。

ここで思う事をいくつか。

〝子どもがかわいい〟と言った時のそのかわいさは、造作が整っている（美形である）ことがその理由ではないということです。当り前のことを言っているようですが、年を取っていくといつの間にか、男も女も美形かどうかが、かわいいの基準、好かれる基準になってしまうのです。

子どもはかわいい、これは生まれた子ども、ひとしなみに全員皆かわいいのです（世界中と言っておこう）。このかわいさは、モテ要素です。あかちゃんは、子どもは、全員皆モテるのです。

前作『女と男のはなし』でモテる人、モテない人が世の中にいる、と書きましたが、正確に言うと、「人はモテない人に生まれるのではない、モテない人になっていくのだ」ということになります（このフレーズ、有名なフランスの女性思想家から頂きました）。このままモテ要素を失わずに大人になっていけば、全員モテる人になるのになぁ、という考えも成り立つのではないか？　と思うのです。

ですが、子どもと付き合っていくと、なぜか〝かわいくなくなった〟という時期が訪れます。それは何時か？　後述します。

次に思う事です。

〝母性本能〟という言葉があります、この言葉の意味は私にはよくはわかりません、というよりよく考えたことはありません。それは置き、令和になってさすがに表立って〝女の天職は子育てです〟とか、〝子育ては女の仕事〟と言う人はいなくなりましたが、考えが古い人（特に男性）の中には、未だにこう思っている人もいるのではないかと推測されます。

しかしながら、今まで書いた例からもわかるように、女の人すべてが子ども好きではなく、子育て好きでもないということがあり、また、男性にも〝子ども大好き〟と言っている人もたくさんいて、女に負けてはいませんということもあり、以上の考えは成り立たないのです。

では、この辺で男性に登場してもらいます。

音楽教室の経営者の発言。彼に子どもが生まれた直後、

「子どもって女のものだね、おなかが大きくなった時からそう思っていたけれど」とさみしそうにしていました。

音楽関係者ではない人にも登場してもらいます。

「子育てで妻に負けたくないんだけど、どうしても負けるところがある、それは母乳が出ないところ、どうしようもないね」と言っていました。

音楽の同業者の発言。

「男は、出産と、授乳ができないところは、逆立ちしても女にかなわない」

あるミュージシャンの発言は、

「男って女にはかなわない、何故ならみんな女から（お腹の中から）出てきているから」

ギター好きな男性の発言。子どもが生まれてお座り、ハイハイができるようになった頃、

「自分の子が、お父さんが好きかお母さんが好きかを夫婦で張り合った、リビングの両端に父と母が座り、中央に子どもを置いた、父母は、子どもに向かって『こっちへおいで』と呼びかけて、どっちに行くかやってみた」ということで、結果は、「お母さんの方に

行った」とのこと。私が、「じゃぁ負けたのね」と言ったところ、彼は負けを認めてはいませんでした。

「あの子は気を使う子だから、お母さんを傷つけないようにしたんだ、本当はお父さんのおれの方を好きなんだ」と言いました。

心の中で笑った私ですが、その笑いは、〝子どもがかわいくてしょうがないんだな〟の微笑みでもありました。

この子育て意欲のある男性たち、女性にかなわないからといって、子育てから手を引かないで下さいね。子育てに男性の力が役立つことは必ずあります、というよりお願いしたい事もあります。これも後述します。

子育てについては、この「女にかなわない」と思う男の心、これを思わせた女の人の天が与えた能力を、女の人は簡単に手放さない方が良いと思いますね。ちょっとやそっと仕事ができるとかでは、男性を感心させることはできないでしょう（ちょっとやそっと仕事ができる人は男女ともにいます）。それよりも子うみ子育ての能力はスゴイものでありましょう。この能力を男性に認めさせることを女のパワーの一つとして位置付け、大切にしていきたいものだと私は考えます（ただしこれだけが、女のパワーだと言っているわけではありません）。

授乳期と仕事復帰時の女の気持

次に授乳期に進みます。同業者女性の話。産休期間が終わり、仕事復帰しました。その時の発言です。

「産休後仕事に復帰できるのはありがたいけれど、復帰したその日からピタッと母乳が止まったの」と複雑な面持ちで語っていました。

そうなのか、たぶん外に仕事に行くことによる緊張感は、母乳には悪影響を及ぼすのだな、ということは子どもにもいいことではないだろう、と思いました（私自身はこの経験がないので、ほかの方の発言が貴重に思えます）。お母さんもゆっくり子育てしたいのです、そして両立させて仕事もしたいのです。ほかの同業者女性も出産後、

「生まれてみたら仕事復帰を先延ばししてゆっくり子育てしたいと思った」と言っていま

した（この場合のゆっくりは、小学校に上がる位までのイメージです）。

出産後の職場復帰問題は、色々な方が発言したり、各職場で働きやすいように工夫したりしているでしょうから、ここではそのことには触れず、ちょっと違う事を書いてみます。

母乳が止まる、と書きましたが、ほかの職業の方はどうなんだろう？　例えば昔日本の人口のほとんどは、農業をやっていたわけで、その時は母乳をやったり、農作業をしたり、仕事と両立していたのではないか？　また海に潜る海女さんなどはどうなんだろう？　この問題はわかっている方に教えてもらいたいと思いますね。

女の人が働く理想の在り方とはどんなものなのか？　根本から考えてみたいものです。

産休の後復職できる条件が整っている、という制度の問題も大変大切なことに間違いはありませんが、それとはまた違う観点から、身体にとって、心にとって何が理想的なのか？　などのことも考えたいです。


しばらくの間、あかちゃんは言葉を言えず、コミュニケーションの主要方法は、「泣く」ことです。お子さんをうんだばかりの生徒さんから。

「子どもは泣くだけなので、泣き声だけから何を言いたいか読まなくちゃいけないんです」

と苦労を言っていました。

確かに大変ですよね、眠いのかな、お腹が空いているのかな、身体の具合が悪いのかな、どこか痛いのかな、何か不快なのかな、病院に連れて行かなくちゃいけないのかな、など一所懸命子どもを理解しようとしなければなりません、もし発信を見逃して大変な事態にでもなったら一大事です。もしかしたら、このお母さんになった人たち、人生で初めてこんなに真剣に人の気持を考えてあげる、という行為をしているかもしれません。貴重な体験と言えるのではないでしょうか。


かわいい子育てが始まった時期の話に進みます。かわいいと思う中にも色々な親の悩みが出てきます。

生徒さんからの話。女性で、お子さんは2歳です。

「うちの子は毎日公園に行きたいって言うんだけど、私も毎日はちょっとつらい。『たまには、家にいようよ』と言うんだけど、どうしても行きたいらしく、連れて行かなくちゃならない。親って自分のやりたいことはできないの？」

これ、古くて新しい問題だと思います。いくらかわいくても、四六時中子どもに付き合っていなければならないのか？　自分のやりたいことと両立できないのか？　色々な方の意見を聞きたいものですね。

私の考えでは、一人だけで子どもを育てるのは負担が大きいと思います。昭和の前期までは日本中に子守娘という存在があり、大きいお姉さんが、下の子をおんぶしたりあやしたりしていた写真などを、これを読んでいる方も見たことがあるでしょう。大きいお姉さんとは必ずしもきょうだいとは限りませんでした。また、近所のお兄さんが自分より小さい子を連れて遊んでくれたりしていました（私は子守娘を復活させよと言っているわけではありません）。ここだけ見ると、今のお母さん（お父さんも）の方が、子育ての負担は大きいのではないのか？　と思ってしまいます。子どもにとってはどうなのでしょう？　色々な人に囲まれて育った方が良いのか、幸せなのか？　それとも一人や二人少数の人に囲まれて育てられた方が良いのか？　色々な方々の意見を聞きたいものです。

子育ては大変だ

　女性の生徒さんからの話。彼女は自分の息子さん（就学前）を水泳教室に通わせていました。２０００年頃の話です。

「水泳教室に注意書の張紙がしてありますが、そこに書いてあることは、水泳をやるにあたっての運動に関しての注意ではないんですよ」

「じゃあ何が書いてあるの？」

「自分の子を他人の子と比べて、泳ぎが上手いとか下手とか気にしないようにしましょう、とか、何歳では何メートル泳げるのが平均です、などという情報は気にしないようにしましょう……という同じようなことが張紙いっぱいに書いてあるんですよ」と、驚いた気持を話していました。

　私も彼女と同じように驚きました、お母さんたち（その頃はお母さんが連れて行くことが多かった）みんなそんなに人と比較してそれを気にしてるの？　このお母さんたちの気持を考えてみるに、自分の子が人より上のランクに行けるかどうか競争している気持ではなく、自分の子が人より劣っていたら大変だ、のような強迫観念を持ってしまっているようなのですね。

これを聞いた私の気持を一言では言い表せませんが、お母さんたち、子育てで孤独感を味わっているんだなぁ、苦しんでいてかわいそう、と思ったり、昭和以前の親たちからは聞いたことがない話で、日本の世の中どうなっちゃったのだろう？　と思ったり、小さい頃から人と競争させられてきた人が親世代になってこうなっちゃうのかな、と思ったりしました。

どちらにしても良い状況とは思えませんでした。

よそのお子さんと比べ、気になってしまうお母さんの話で思い出す事があります。
中学生の男子生徒さんのお母さんから。男の子には学校に行かない（不登校）日が結構出てきて、お母さんは心配になりました、
「学校には行かないけれど、音楽のレッスンには喜んで行きます。うちの子、学校の子たちと合わないところがあるようなんです、うちの子、変わった子だと思いませんか？」と

心配そうに私に聞いてきました。私の答は、
「子どもは一人として同じ人はいません、全員変わっています、お宅の息子さんも変わっている子の内の一人です」でした。これを聞いたお母さんは、少しはホッとしてくれたかな？

これを読んで下さっている皆さんは、もし私の立場でしたら何と言いますか？「いや、息子さんが変わっているなんて思いませんよ」という方もおられますか？　結論を先に言ってしまうと、ちょっと考えればわかりますが、この答ですとお母さんは心から安心はできないです。〝変わっていてはまずい〟という（強迫的）観念からは解放されないからです。

変わっているとか変わっていないとか、平均と比べてどうかとか、それをそんなに気にしないと生きづらい日本なのでしょうか？　息が詰まりますね。

学校で疎外感を感じているお子さんにとっての一つの居場所を与えられているとしたら、音楽教室もそういう意味で少しは役立っているのかな？　私は、幸い音楽の世界にいられて良かった、と思いました。〝変わっている〟ということが〝おかしい〟という感覚より、〝個性的でいい〟という意味にとられるのが音楽の世界なので（この事は芸術系すべてに

当てはまるでしょう、スポーツ系もそうかもしれません）。

水泳教室の話をしてくれた彼女の話に戻ります。話には続きがあって、「夜、知り合いのお母さんから電話が掛かってくることがあって、『子育てに自信がもてないで悩んでいます』という話を聞いてあげている」そうです。

この話を聞いて、昭和の昔の人の感覚では、「自分のお母さん（子どもの祖母）たちに聞いて子育てを教わったりしないの？」と思ったりするでしょう。私にもこの考えが浮かび、あるお母さんになりたての生徒さんに聞いてみました。彼女の答は、「古い人の子育てなんて参考にならない、『紙おむつは良くない』とか、『子どもが乳児の時から子どもと離れて勤めに出るのは良くない』とか、今の世の中に合わな過ぎる」ということでした。

まあそういう面もあるかもしれない、戦後、社会の変化のスピードが速く、受け継ぐ事が少なくなったかもしれない、ですが全否定ですか？　そうではないでしょ、と思うのです。

子育て経験のあるお母さんからは言いたいことがある

逆に、子育てを終わった後のお母さんで、生徒さんや、ライブをやっている人から聞いた言葉は（現状、お母さんからのみ、お父さんからは聞いていていません）、「今のお母さんたちの子育てを見ていて、こういう事やめて、って言いたくなることが結構ある」でした。

ほか、音楽のレッスン中に塾の話題が出た時に、「私は塾って大嫌い、大嫌い。子どもはたくさん遊んで育つものです」と言い出して止まらなくなり、その日はレッスンが続けられなくなりました。

確かに昔、昭和時代には〝よく遊びよく学べ〟という標語があった、遊ぶことが人間形成には大切だという教えがあった、今、この昔の教えはどうなっちゃったの？（おわかりとは思いますがこの遊びの中には、携帯ゲームは入るものではないです）この方は、日頃穏やかな方だっただけに、この時の激しい物言いに私は少し驚きました。そして私は、このお母さん経験のある方の姿を、今の塾通いをさせているお母さん方に見てもらいたいなぁ、と思ったのです。〝世の中にはこういう人がおられますよ〟と知らせたくなりました。

このように、子育てが終わったお母さんの子育て話で耳に入れたくなるものがほかにもあります（それはこの文の後半にでてきます）。

ではこの子育てが終わったのお母さんたちは、今のお母さんたちにこの自分の考えを言っているのか？　と思って私が尋ねると、

「心で思っているだけ」

「どうしてですか？」

「言って嫌われたくないから」

という答がほとんど。そして、そのうっぷんを音楽教室の講師である私に漏らして気を晴らしている模様、私は〝うっぷん受け入れ業ではないぞ〟と多少気分は悪いのですが。

音楽教室に来て、私にだけ言いたいことを言っているお母さんたちではありますが、このように子育てが終わったお母さんは今のお母さんに言いたいことがあります。そりゃあるでしょう、自分たちも苦労して、悩み考えて子育てしたのですから、色々な考えをお

持ちなのは当り前です。一概に昔のお母さんの考えが正しいとか、今のお母さんの考えが今の世では正しいとか決め付けるのではなく、昔のお母さんと今のお母さんが交流することがいいことではないのかな、と私は思うのです。いいことというより必要ではないかと。その時に自分のお母さんだけでなく、複数のお母さんとの交流があるといいだろうな、と思います。

この二者が交流していないと思われるこの日本の状況は、良いものも悪いものもすべて含めて、子育ての伝統が途切れてきているのではないか、私はこのように危惧するものです（この伝統とは、一部の政治家が言っている、〝女が子育てをすることが日本の美風〟というものとは全く違うもの、とお断りしておきます）。

現在（２０２３年）、お母さんたちが孤独にならないよう、お母さんたちの集まりというものを行政などが提唱しやっているようですが、これは一つ、良いアイディアでしょう。でもこれだけでいいかな？　子育てが終わったお母さんたちと話した私は〝新旧お母さん交流〟とでもいうものを提唱したいのです。そこにお父さんが交わることにも賛成です。

子育ての親の悩みと苦労話、続く

お母さんから聞いた、子育ての悩みや苦労話のいくつかが続きます。

息子さんが成人して、今子育ては終わって落ち着いている方がレッスンで話していました。

「うちの息子、学校に上がる前に、毎日朝から晩まで『おおきなくりのきのしたで～』と歌っていまして、ほかの曲を聴かせても興味を示さず、『おおきなくり～』とずっと続けていて、この子どこかおかしいんじゃないか、と心配になったのですけれど、大きくなって特に問題なく社会人になったので、心配することもないんだな、と思いました」と言っていました。

こういう、昔小さい子どものお母さんだった人の経験談も、若いお母さんにいいアドバイスになったりするかもしれません。

小学生になった娘さん二人のお母さんから。彼女は大人になって私の教室に縁がありまして、熱心にレッスンに通っています。二人の娘さんにも音楽を習わせたくて近所の教室に通わせています（私の教室は遠い所にありました）。

「家で練習させようと思うけど、なかなか二人とも練習しないで言い聞かせるのに苦労しています。上の子には、『そんなに練習しないのなら習うのやめちゃいなさい』と言ったら『やめさせないで』とベソをかいて練習をするようになり、効き目があったので、下の子に同じことを言ったところ、『やめていいの？　じゃあやめる』と喜んで言ったんです。上の子に使えた手は下の子に通用しない、本当に大変」と言っていました。

男の子でも女の子でもお子さんを二人以上お持ちの方ならば、この話は、〝そうそう〟と、皆さん共感してくれるでしょう。

講師になりたての後輩同業者から。

「音楽教室で子どもを教える時、自分の子どもの時にやったのと同じ事をやれ、と言ってもダメですね。一人一人それぞれ皆違うやり方で教えなければならないんですね」

彼女はまだ若く、一人一人に対応することが大変だということでした。

世で二人以上子育てを経験した親御さんたちは、人間とは一人一人皆違う、ということが骨身にしみて了解されていることと思います。

２０００年をだいぶ超えた頃から、〝人それぞれの違いを受け入れよう〟などと呼びかける声が聞こえるようになってきましたが、子育て経験のある親御さんからすれば、こんなことは、１００年以上前から当り前に知っていることではないかとも思えます。こんな言葉を言わなくてはならなくなっている事態とは、もしかしたら子どもの数が減ってしまって、当り前だったことが感じられなくなってきているのかもしれません（人間の退歩）。

また、別の面から眺めます。人間関係に悩んでいる方が多い、という話をよく聞きますが、悩むのも仕方ないと思います、人間とは難しいですよね、何故って二人と同じ人間はいないために、一つずつ対策を考えなければなりませんから（また同じ顔の人も二人といない）。

また同様、職場の上の立場の人が下の人に仕事をやらせようとしても、一人一人対応が大変なのもうなずけます。

息子さんを育てているお母さんがレッスンで話しました。

「息子に勉強をさせるのに苦労しています。『勉強しないと将来一人前の社会人になれないよ、そうなると困るでしょ』と言うと、『いいもん、僕お金のある女の人と結婚するから』って言うんですよ」ということでした。

世の中息子さんが思っているように簡単にうまくいくとは思えませんが、このお母さんのような、〝勉強させるのは一苦労〟と言う方はたくさんおられますでしょうね。


また同じくレッスン内での、男の子たちを育てているお母さんの苦労話。

「あんたたち、女の子と付き合う時、体の付き合い（性交）をするのはやめなさい、たとえ女の子から誘われたとしても、後で訴えられたら、悪いのは100パーセント男になってしまうのだから」と言っている、とのことでした。

この観点で見ると、男の子というのも、色々と大変なのですね。もちろんこの反対に、女の子の親には〝男におそわれないように〟という心配は付き物なのです。


同業者から。中学生の娘さんがお母さんに強く反抗していて困っているという話。

「娘は、学校から家に帰って、玄関のドアを開けるとすぐカバンを投げて、外に出ていってしまうの。私とは口もききたくないし、顔も見たくないらしい。近所の人にあんな態度をとっていたらいけないと思って近所の人に尋ねると、『お宅の娘さん、とても礼儀正しくてちゃんとあいさつしてくれますよ』って言われるので、余計腹が立っちゃう」ということでした。近所の人に礼儀正しいことは、親としては良かったと思える反面、自分の苦労が全くわかってもらえないんだというもどかしさ、を感じてしまうわけです。

幼稚園に娘さんを通わせているお母さん（お母さんが生徒さん）の話。その幼稚園には子育てアドバイザーという、年配の子育ての終わった方（女性）が専門家として、時々アドバイスに来るとのことでした。そのアドバイザーはその生徒さんの子育てに注文が色々あるらしく、

「夜、家で就寝しようと思っている頃によく電話が掛かってきて、色々なことを言われるんです。私の子育てがダメだということで、ハイと返事している内に私泣いちゃうんです」

と言いました。

「その人は、どういう子育てがいいって言っているの？」と私が尋ねると、

「ご自分の育て方がいいって言っているんです、アドバイザーはご自分の息子さんが東大に入ったそうで、自分がいい子育てをしていい子に育ったと言っているのです」

これを読んで下さっている方のほとんどはアドバイザーの考えに対し〝そんなバカな〟と、このアドバイザーの〝自分の考え方だけが正しい〟という言い方に納得しないでしょう。音楽をやっている私からは、〝このアドバイザー、音楽をどう思っているの？〟（学校の勉強だけがすばらしいことか？）とも言いたいですし、私からは〝当のご自分の息子さんは、お母さんのことをいい育て方をしてくれた母だと思っているの？〟などとも聞いてみたいですね（息子さんは何を言うのか全くわかりませんが、例えばオフクロがなんと言おうと自分の考えで頑張った、などと言わないとも限らない）。

しかしながら、お母さんになったばかりの人は、自信のない人が多いのですよね。私に言わせれば、このアドバイザーのやっていることは若いお母さんいじめじゃないの？　となりますし、政府が言っている『女性が輝く社会』の内実の一つの例がこれなのですか？となります。このダメ出しをする女性は、ちゃんとした報酬を得ているアドバイザー（！）なのです。

こういう話になるとちょっと激してきてしまいますので、この辺で切り上げます。

子どもと親の関係に見える男の子と女の子の違い

お母さんはお子さんをうんだから、また子育て中だからといって、子育てだけをやりたいだけでなく、自分の好きな事、例えば音楽だってやりたいわけです。

私の教室では就学前、幼稚園や保育園に通園前のお子さんを教室に連れてきてＯＫ、としましたら、多くの方はこの提案に乗って子連れでレッスンを受けに来ました。育児グッズ持参です。男の子、女の子と両方いました。たいていはお子さんも泣いたりグズったりせず、何とかうまくいきましたが、お母さんのレッスン時間に耐えられないお子さんもいました。私の経験では耐えられないのはすべて男の子でした。

お母さんが男の子の近くにいて、男の子の相手をしている時には、ごきげんよし、ですが、お母さんが例えばトイレに行ったり、楽器の方に向かったりすると、とたんにベソをかき始めます。私の見た例がたまたま男の子だけだったのかどうかわかりませんが、何となく男の子の方が、お母さんがいないと心が弱くなるのかな、という感じは持ちました。

ある生徒さんは独身時代からバンド活動をしていて、子育て中は活動を中止していましたが、息子さんが3歳位になってまたバンド活動を始めました。ライブの舞台で皆の前で音楽を披露する日が来ました。旦那さん、息子さんも客席にいます。私も客席にいました。彼女は舞台上では、お母さんだということを感じさせない舞台パフォーマーになっていました。終わった後息子さんのところに来て、「さあ、終わったからお家に帰ろう」と手をつなごうとしたところ、息子さんは、「嫌だ、こんなの僕のお母さんじゃない」と言って、手を体の後ろに回してムクれていました。

この息子さん、いつもと違うお母さんを見て、自分の世話をしてくれている人間と全く違っている面を感じ取ってしまったらしく、それは彼にとっては嫌だった、ということらしいのですね。この反応は、男の子だからなのかな？　男の子はいつもいつも自分を見ていて欲しいと思っているのかな、母親に対して。

小学1年生の女の子の生徒さんから。男の子と女の子数人でレッスンしている中の一人で、１９８０年代の話です。

「うちのお母さん、働いているの」と胸を張って言っていました。その当時は、働いているお母さんの方が少ない時代でした。女の子は、お母さんのことがとても誇らしいようでした。

女の子からすると、お母さんは子育てだけをしないで、何か活動をして欲しいと思っているようなのですね。前に書いた男の子の話と比べてみると正反対に感じます。

お母さんと、子どもの関係で思い出す事を続けます。

お子さんだけでなく大人も音楽をやって、子育て中の人たちも音楽発表会に出る世の中になってきて数年経ちます。お母さんの発表会にお子さんを連れてきて、お子さんがお客さんとして出演の大人たち（お母さん含む）の演奏を聞くこともあります。聞いた後のそのお子さんたちの反応を書きます。

小学4年生の男の子。

「お母さんの演奏が一番うまかった」「お母さんの演奏が一番良かった」

自他共に、このお母さんの演奏が一番うまいとは言えないんですけどね。

小学1年生の女の子。

「お母さんは、家で弾いている時の方がうまかった。本番ではX回間違えた」ちゃんと数まで数えているなんてスゴイ。

お母さんを手放しでいいと思う男の子の話は、違うお子さん（男子）でも同様、中には中学生になるまでこの反応をする子がいます。

お母さんに批判的な女の子の話は、違うお子さん（女子）でも同様、中学生になっても辛口の子がいます。

この男の子と女の子の違いは何なのでしょう？　一つ考えられるのは、女の子の方が、お母さんに対して期待が高い（＝自分のお母さんは立派であると誇りたい気持が強い）のではないか、ということです。やっぱり同性だからか、同性に応援する気持が出てくるのかな、期待するために批判も出てくるのだろうと思われます。

しかしながら大人になると、特に男の子は、お母さんの存在は不要、お母さんと物理的に離れたい、と思うようになる人が圧倒的多数、この子どもの頃と正反対になる現象も面白いですね。これにはどんな説明がつくのでしょうか？

女の子とお父さんの関係で見たものを書きます。小学校低学年の女の子の生徒さんのお

宅には、彼女が長女で下に二人妹がいました。すぐ下の妹がレッスンを見にきて、その妹がお父さんへの不満を言っていました、

「お父さんは家のことを何にもやらないからよくない」と。

そのお宅に四人目の子が生まれましたが、その子も女の子でした、発表会を見にきてくれたお父さんに、

「おめでとうございます、四人の女の子に囲まれたご気分はいかがです？」と聞きましたところ、

「敵が一人増えたという気持です」と言っていました。

ふうん、そうなのか、お父さんも色々大変なのね、と感じました。昔からよく言われている事ですが、外に出て働いているお父さん（お母さんも）の働いている姿を子どもたちは目にしていない。日常ではうちにいる姿を主に見ているとすると、うちで休んでいる（くつろいでいる）人よりも、うちで働いている人の方が、立派に見えてしまいます。お父さん、お母さんが外で働いている姿を子どもは知らないで育っていって良いのかな？あまり良くないのではないのかな？　と思いました。

もちろん、最近よく言われるように、家の仕事をお母さん（女）だけがやる、というの

はもちろんいい事とは思えませんが。この両方の事を書いておきます。

第二章　子どもの世界

子どもが大人より優れている能力は？

　これまで子育ての苦労話と親子の関係の話をしてきました。

　ここからは、やっと子どもが主役の話になります。子どもと付き合っているとかわいいだけでなく面白い、という話です。子育てをしている親御さんでしたら、皆何らかの同じような感じをお持ちでしょう。また、幼児やお子さんを預かる仕事の方も同様だと思います。

　私などは、この仕事を長くやったせいで、〝大人と付き合うより子どもと付き合う方が数倍面白い〟という感覚になってしまいました。

ではまず、大人をどう思っているのか？　を書いてみます。例外的な大人を除いて、〝大人は間違ってる？〟と問われれば、NO、大人の言うことは皆正しいし、常識（良い意味）もあります、と答えます。

〝大人は付き合いづらい？〟と問われれば、NO、付き合いよく、こちらに合わせてくれます、と答えます。

この場合の正しいの意味は、社会生活をする上で、反社会的な事（犯罪）をしない、倫理的に誤った事をしない、という意味です。

〝じゃあ何が不満なの？〟と問われれば、〝とにかく面白くない〟の一言です。例外的に、面白い大人がいますがとても少ない、と感じています。〝あなただって大人でしょ？〟と言われたら、そうです、私も子どもにはかなわないと思っています、が子どもに少しでも近付きたいと思っている大人です、と答えます。

子どもは面白いという例、いくつかを書いてみます。ここに書く事はほんの一例にすぎません、本当は存在がすべて面白いのですが。また、面白いだけでなく、スゴイと思ったりいいなと思ったり、驚いたり、考えさせられたりしました。読んでいる方は、〝あなた、大人にケンカ売ってませんか？〟と思うかもしれません、まあそう言われても否定はしませんね。

お子さんにパーカッションの体験をしてもらおうということで、2、3歳のお子さん数人に体験をしてもらいました、リーダーは私が依頼したパーカッションのプロ講師。皆、パーカッションを初めて触るお子さんばかりです。

色々なことをやった中で〝とにかく自由に触っていいよ（＝自由に叩いていいよ）〟という時間を作りました。

ある2歳の女の子は、本当に自由に触り続けました、1分、2分、3分……そこにあったドラムセットの太鼓、シンバルを叩きたいように叩きました、何も言わなければいつまでやり続けたのかわからないようでした。

大人だったらどうするでしょう、〝自由にってどうするの？〟と思いながら、1、2回力弱く叩いたりして、面白くなくて10秒位でやめると思われます。何かやったことのない楽器を与えられたことを想像してみて下さい、「自由にやっていいよ」と言われて、何分遊べますか？

「自由」という言葉を嫌いな人はいないと思われますが、こんな場合の自由はもらっても大してうれしくないんですよね、大人には。大人は、成人してから自由に行動できない、何か手掛かりがないと行動できない存在になってしまっているのですね、悲しいことに。その点、子どもってスゴイです。

教室のお子さんの話ではないですが、教室の外を見ていると、小学校低学年と見える子どもたち数人が空地で楽しそうに笑い声をあげていたりします。何をやっているんだろう、と思ってみると、学校の帰り道、周りには遊具など何もない、皆で何か言って面白がっている、やっぱりこれもスゴく見えます。

大人はどうか？　大人は、遊び道具（ゲーム機など含む）がない所で、遊べるでしょうか？　ゲームのルールがない状況でゲームができるでしょうか？　何々ランドでなく、遊園地でもない所で遊べるでしょうか？　私には大人が劣っている存在に見えてきてしまうのです。

同じく、ドラムと子どもの話です。やはり〝好きに触っていいよ〟と言ったところ、小学1年生位の平均より体の小さい女の子は、「ドラムの中に入りたい」と言いました。バスドラムの中は空洞ですので、ヘッド（皮）をはずせば、小さい子は中に入ることができます。

私はこの子の発言にとても驚きました。私も大人の中では〝自由な発想〟の点では頑張っている方だと思っていましたが、この子には負けました、私はせいぜい自由に触る（叩く）の範疇でしか考えていなかったので。

2、3歳のお子さんのレッスンの時のことです。お子さん三人、お母さんは一人ずつ付添い、メインの先生と、アシスタントの私がいました。先生が、「今日は、一人ずつみんなに好きなお歌を歌ってもらう日（発表の日）です」と言い、「やりたい人（と手を上げさせる）」と言ったところ、即座に、「ハイ、ハイ、ハイ」と皆、勢いよく手を上げました。先生が、「はじめは、〇〇ちゃん」と言って指したところ、残りの子が、「私がやりたい」と言って泣き始めました。お母さんは、「順番だから」と言って懸命に説得。何とか一人ずつ歌えました。

その内の一人の子は、そこにいる全員の顔を一人ずつ見回しながら、指さしながら歌ったのです。あたかもその姿は舞台で歌うプロ歌手のようなのです。その子を含めもちろん全員が、堂々と声を出して歌いました。

大人はどうか？　まず、人前で何かを発表したいという欲求は皆さんどの位ありますでしょうか？　表現者のプロなどを除いては発表欲求がないのかな、とも思えます（皆が芸術などをやっているわけではないから）。が、2010年位からのSNSを見ていると、何かをアップしたがって、〝見てくれ、読んでくれ、聞いてくれ〟という人が多いように見えますので、本当は表現欲求はあるのか？　と一見思われますが、そうではなく、どなたかの文章に書いてありましたが、表現欲求とは違う、〝認められたい欲求を持っている人が多いのだ〟ということになるのではないでしょうか？

大人は他人の目を気にします。〝歌いたい気はするけれど、下手だなんて思われたくないな、できれば上手いと思われたいな、もっと言えばカッコイイなんて言われたい〟などと思うでしょう。（男女共）この気持があるせいか、発表を堂々とすることができにくくなります。表現欲求が少しはあるのでしょうが、それよりも他人から承認されたい欲求の方が強くなっているのが大人なのかもしれません。

さらに大人はどうか？　先ほどの我先に歌いたい子どもたちを〝順番を守れないのか、やはり子どもだな（ガキだな）〟と思う方が多いでしょう、そうかもしれないです。しかし、この順番が待ちきれないほど強い表現欲求、スゴくないですか？　この子たちは相手を選んではいません、場所を選んでもいません、どこででも、誰の前でも歌えるのです。ここに勝負できるのはやはりプロしかいないのではないかな、と思われるのです。

これと同様の例。小学生になって保護者が付いていなくてもレッスンできるようになった頃、小学2年生位の子が、友だちをレッスン教室に連れてきました。その友だちも、別の音楽教室に通っていました。ほかの教室に興味があって見にきたようだったので、「○○ちゃん（私の教室の生徒）は、メヌエットが弾けるから聞いてあげてね」と私が言ったところ、その友だちの子は即座に、「私もメヌエットが弾ける」と言って、鍵盤に向かっていき、そしてメヌエットを弾こうとしますが、途中でストップして進めない。「今日は調子が悪いようだね」などと私は言うのですが、その子は諦められない様子で何度もチャレンジしました。

大人はどうか？　まず、大人はこのような状況で〝演奏していいよ〟という自由が与えられても、「楽譜がなければ弾けない」とか、「いつもと違う楽器には慣れてないから弾けない」とか、「人前ではイヤだ」など色々な思いで、演奏する人は少ないのではないか、と思われます。先に書いた「下手だと思われたくない」などという気持もあるでしょうし。仕方ないですかね。でも子どもの方が面白く見えてしまうのです。

さらに大人はどうか？　自分の実力を相手に伝えようとする時、大人によくありがちなのは、口で説明することです、例えばゴルフ、言葉ではなく1ホールでも一緒に回ったら実力は明白に伝わるでしょう。「今度一緒に回った時、私の実力を見て下さい」で済む話だと思います、この子どもたちのように。時々言葉だけであぁでもないこうでもないと言い合っている大人を見ると、私には、（無駄な会話をしているなぁ）と見えてしまうのです。

子どもにとって、男女差とは何？

生徒さん、お母さんになって数年経った頃の話です。2、3歳位の息子さんが一人います。

「この頃うちの息子、化粧台の所に行くのが好きになっちゃって（困る）」と言うのです。

「そこで何してるの？」と私が聞くと、

「口紅を口に塗ったり、化粧ビンをいじって顔に塗ったり……」

「お母さんとしては心配なの？」と聞くと、

「大人になって、男女（女の子みたいな男の子）になったりしたら困ると思って」

これを読んだ方たちはどう思いますか？　このお母さんに同感と思うのか、違う感覚を持つのか？　逆に、全く化粧に興味のない女の子に対しては、逆のことを思うのでしょうか？


女性の生徒さんが、大人になって幼稚園の頃を思い出して言ったことは、

「親戚のおばさんがうちに来て、ぬいぐるみのプレゼントをくれたんだけど、こんなものやだ～と言って、放り投げた」でした。

おばさんは、女の子にはぬいぐるみが喜ばれると思ってあげたのでしょうけどね。


男とはこういうもの、女とはこういうもの、という概念が覆される例として思い出す事でもう一つ。小学生のお姉さんと弟君の両方が教室に通ってきてくれたケースがありまし

た、そのきょうだいの話。

　姉の方は、

「先生、こんちは」と元気よく言った瞬間、持ってきたカバンを勢いよく放り投げます。

　弟の方は、

「先生こんにちは」と少し小さい声で丁寧に挨拶して、隅の方に行って静かにカバンを置きます。服もきれいに畳んだりして。その上、この男の子は、演奏中うまく弾けない所があると、シクシク涙を流し始めます、私はその間、聞いているだけで一言も言葉を発していません、自分の演奏がうまくいかないことが、自分で悲しくなるようなのですね。姉の方が泣くのは見たことはありません。

　別の小学2年生の男の子が言ったことは、

「おれ、音楽が好き、男の子はスポーツとか言われているけど、おれはスポーツには興味ない」でした。

　彼は、日本人が歌いたい曲ベストテンに入る『ハナミズキ』が大好きで、発表パーティで感じ出して歌っていました。

これは音楽の人の話ではないですが似た話です。私が小学生だった頃、日曜日などによく男の子女の子が数人混じってナントカちゃんの誕生日といって、その子の家に行ってパーティをした時のことです。その内の一人の男の子が、「僕、前からスカートをはいてみたかったんだ、はかせて」とその子に頼みました。頼まれたその子は「いいよ」と言って、タンスの中からスカートを持ってきて貸してあげました。

男の子はみんなの前でスカートをはいて、しばらく体を回転させたりして、はいた感じを味わっているように見えました。

この時そこに参加した男の子と女の子は誰一人として、「男なのにスカートはいておかしい」などと言いませんでした、興味を持つことがあるのも当り前でしょ、という感じであったのだと思います。

同じく、私の5、6歳の頃。男の子を見て真似したかったことは、〝立小便〟でした。そしてやってみた。どなたかの有名な女性の書いた本の中にも同じことがありました。その時の男の子たちは、協力してくれてはいたけれど、私は誰にもおかしい（変なヤツ）とは言われませんでした。

スカートの男の子の話からもその他の話からも、子どもっていいなぁ、と思えます。好奇心をストレートに表現して実行でき、周りの子もそれを当り前のものとして受け取ってくれるのですから。

もう一つ、私の小学校高学年時代、家庭科の時間のこと。男の子も女の子もジャガイモの皮むきをやっていました、私は家庭科などの手仕事は得意ではありませんでした。男の子二人ぐらいが私のところに来て、「くさのみぃ、見てみろ、僕はこんなに皮を薄くむけるぞ」と自慢しました。

この時点で、私はジャガイモの皮を半分もむいていないし、かつ彼らの皮むきの数倍も厚くしかむけていませんでした。ちょっと劣等感を感じました（実は数十年経った今も消えていません）。男の子だから台所仕事が嫌いとか、ましてや不得意だなどということは全くあり得ないと昭和時代からはっきりしています。逆もまた（女の子だから台所仕事が得意云々などとは言えない）。

大人の世界と比べます。21世紀になって「男だから女だから、こうあるのがノーマルです、と決めつけないようにしましょう」なんて注意事項が言われるようになっていますが、元々子どもの世界ではこんなことは当り前、大人の世界が遅れている、遅れまくっているのです。大人がどうしてこうなったのかは知りませんが、大人が自分たちで自分たちに抑制をかけてしまっている姿が見えてきますね。私はもう一回、子どもの心に帰りましょう、と提案したくなります。

今の世の中は、だんだんそういう注意に沿って皆の意識が変わってきているようですが、中には、〝男の子と男は違うんだ、女の子と女は違うんだ、男性ホルモン、女性ホルモンが出てくるわけだし〟と言う人もいそうです、こういう声がどこからか聞こえてきそうです。しかしそうでしょうか？　ぬいぐるみが嫌いな女の子は、女性ホルモンのおかげでぬいぐるみを好きになったりしますか？　現実はＮＯです。そして、こんなことは実は、子育て経験のあるお父さんお母さんは百も承知なのです、たぶん、何十年も前から、いや、何百年も前から。

子どものしている事、子どもの言葉の色々には面白いものがたくさん

小学生の話に進んできましたが、一度2、3歳の子に話を戻します。

お母さんが習っていまして、お子さんはレッスンについてきました。お母さんは、日頃ポピュラー音楽を弾くことが多いのですが、その日は、いつも経験していない曲をやろうということで、ベートーベンのピアノソナタを弾いていました。弾いている間、2、3歳の女の子は、グズったりもせず、おとなしいなぁと思っていましたが、おや、何か小さい声で言っているぞ、何だろう、と思って女の子の口に耳を近づけました、何とそれは、今お母さんが弾いているピアノソナタのメロディ全曲でした。スゴイ、大人の人がよく悩んでいるのは〝暗譜ができない〟ということであるのに、この2、3歳の女の子は、お母さんが家で練習しているのを聞いて全曲頭に入ってしまったのです。もちろんこの子は全く楽譜は読めません。よく言われることですが、子どもの吸収力はスゴイ、そしてそれは、4、5歳より2、3歳、小学校低学年より、4、5歳の方に軍配が上がってしまうのです。

ちなみにソナタとは、８小節や16小節の短い曲ではなく、また声に出して歌うには難しい曲であります。

大人はどうか？　大人に罪はないですが、大人は吸収力がとても悪いです。自分のことを考えても、20歳を超えてから特に、新しい方法、考え、などを感覚し理解して吸収することが困難だったな、自分ながらニブかったと思わざるを得ません。大人になったらこの事態はどうしようもないでしょうか？　私は子どものこの能力が欲しい。

ともかくこういうこともあるので、先生たちの多くは、〝子どもに教えるのは面白い〟〝大人には教えていても期待できない〟と思って、子どもに教えることに熱が入り、大人には熱が薄くなりがちなのです。中には、大人と思うと全く手を抜いてレッスン代を頂戴している先生まで出てきてしまいます（手抜き先生は良くないですね）。

また親御さんたちもこのことをよ～くわかっているので、〝習い事は小さい時から〟と思って、色々な所に通わせたりするのですね。

また思い出す事があります。子育て中のお母さんのレッスン中の話。２歳位の自分の娘のことを話してくれました、

「うちの子は、一度ビートルズのCDを聴いて気に入ってからというもの、毎朝起きるとすぐ、『ビートルズ（を聴かせて欲しい）』と言うんですよ、一回聴き終わると『もう一回』と要求してくるんです。『たまには違う曲にしようよ』と言っても『ビートルズ』なんです」

と言っていました。この子にとっての伯父さんが最初にビートルズを紹介した時からだそうです。

この、子どもという存在が何かに心を奪われていく姿、スゴイと思いました。同時に、この東洋の女の子の心を奪えるビートルズもスゴイと思います。この時点で、ビートルズの曲が発表されてから30年以上経っています。ヒットして数年で忘れ去られる（そしてずっと忘れ去られる）多くの曲とは違うのです。

大人はどうか？　大人は生きて生活していて、年に何回感動することがあるでしょうか？　また、感動は毎日継続するでしょうか？　この女の子に負けている人がほとんどかもしれませんね。

またこれに関する話。私が、就学前の子どもたちが集まっている子ども園のような所で出張演奏をさせてもらったことがありました。その打ち合わせの時、園の方が言ったことは、「子どもだからと言って、子ども用の曲にしようとは思わないで下さいね、子どもだから童謡、とか限定しないで下さいね、子どもはクラシックでも大人の曲でも何でも受け入れる力があります」でした。

まさにおっしゃる通り、それを私の教室での見聞で経験したのでした。

小学校低学年の男の子が、習い始めてしばらくして、私に聞きました。彼は、ほんの少しずつ、難しい曲が弾けるようになってきましたが、いったいこの道はどこまで続くのか？　と思うようになったのです。

「先生、世の中で一番難しい曲って何ですか？」という質問と、「その曲先生弾ける？」という質問です。

それに対して私は、曲名（事典に載っている難易度を参考に）を答え、素直に私は、「最難関の曲は弾けない」と答えました。

（ここで私の音楽上の専門は、ほかの楽器演奏、と演奏以外の能力、と一応書いておきます）

大人はどうか？　私は、大人でこの子のような質問をする人と会ったことがないです。何故でしょうか？　大人は色々なことに興味がないからかな？　音楽をやっている人も、今自分のやっている曲や、聴いている曲だけに興味があるのかな？　しかし、この子のように、習っているならば、この道の行き先を知ることはいいことではないかと思いますが。大人は、〝どうせ自分はそんな所に行けないから〟とか思っているのかな？　しかし、行くことができようが行けなかろうが、身の回りだけに目をやる大人は、私から見るとつまらない。

さらにこの子のように先生の実力を知りたくなった時、大人は先生に質問できるでしょうか？　それ以前に、先生の実力に興味があるのかな？

習う動機、目的は人様々でしょうから、何も先生の実力に興味がなくてもいいと言えばいいですが、教える側からすると、こういう大人と付き合うのはあまり面白くないなぁ、先生とは生徒さんに音楽上で自分に（自分の音楽の世界に）興味を持ってもらいたい存在ではないかと思いますので。

また、〝興味はあります〟という人も、〝こんなこと先生には聞けませんよ〟と答える人がほとんどでしょう。大人になると、〝遠慮〟というものがあって、なかなか先生に質問ができない。〝もし先生に聞いたら、先生が気分を害すかもしれない〟などと思って、質問を封印する、まあ、大人はこうなってしまうのが一般的です。大人になる間に、先生に質問したら先生が気分を害したなどという経験を一度や二度したのかもしれませんね。だとすると仕方ないかな？（生徒に質問されて先生が気分を害すような先生は『？』ですけどね）。

その点、子どもはストレートに質問してくれ、聞かれた方も気分は害さないのですね（少なくとも私は）。これは子どもの持っている特技、とも思えるのです。

（２０００年代からＳＮＳで先生の音楽を発表したり、先生の音楽をチェックできるようになり、情報伝達の一つとして良いツールができたと言えます）

（ちなみに私は、初対面の方には必ず自分の音楽を生で聴いてもらう方法をとっています）

そのほかにも、小学校低学年の生徒の女の子から、

「先生、どうしておなか出てるの？」とおなかを触りながら言われたこともありますが、言われたこちらは全く気分を害さないのですよね（ここで私の恥部が露見してしまいまし

た）。

子どもとのこの会話のスッキリした感じ、いいです。

大人は？　大人と話していると、〝もしかしてこの人、遠慮して私に言いたいけど言わないことがあるんじゃないの？〟などとモヤモヤしてしまうなんてこともありそうですね。中には、こんなことを考えて（気にして）、かなりの長時間モヤモヤしている人もいたりするかもしれません。ああ、しかし無駄だ、最初から言いたいことは言い合えばいいのだ、言いたいことを言って相手も気分が悪くないようになればいいのだ。大人もこういう具合にいかないかな？


教室で子どもの部（小学生と就学前）の発表パーティをやった時、ちょっとしたお菓子とプレゼントを出しましたが、私の教室では、参加費を抑えるため、プレゼントにはお金を掛けないやり方をとっていました。

その子たちに人気があった一番のものの内の一つは、お菓子の中に入っていた、指先一つの上に乗る程度の小さい付録のカードでした。大人が見ればほとんど即ゴミ箱行きになりそうなものでした。また一つ、「テレビやゲームで有名なモンスター」の仲間、その時は40数匹（人？）が出ていた、カレンダー（過ぎた年のもの）でした。これは、取り合いになりました。ほかにもっとお金が掛かったものや、ブランドチョコなどあったのですが、そこには誰も興味を示さず。

モンスターの仲間については、私が見たらほとんど皆似ているものに見えて区別はつかないものでしたが、子どもたちは、〇〇だ、××だ、と名前を言ってお互いに会話が始まっていました。もちろん大人はこの話にはついていけず。子どもは、すべての名前がわかるのだそうです。

この子どもたちの姿を見て、私は子どもの世界はスゴイとまた思ってしまいました。まず子どもは、金銭の価値で物を判断しません。大人のように〝価格が高いからいいものだ〟とか、〝ブランド名が通っているからいいものだ〟などと雑念に惑わされることは全くなく、自分の心（自分がいいと思うもの）がそのまま自分の価値になります。

また、アニメのキャラクター名を覚える記憶能力、この子どもの能力はスゴイ、と思ってしまいました。この子たちは私のわからない世界に入り込んでいるんだな、入り込めたら、この記憶は自然にできるものかもしれないな、と思いました。が、入り込めることがスゴイ、と感じました。

国民的人気アニメに『となりのトトロ』がありますが、その主題歌の歌詞に、〝子どものときにだけあなたに訪れる不思議な出会い〟というものがあって、本当にその通り。この歌を作った人は大人なのですが、例外的に子どもの世界に入り込める方なのかもしれません。この歌を作った大人もスゴイですね。

世のお母さんやお父さんは、〝この能力を学校の勉強に発揮してくれればいいのに〟と思うでしょうが、勉強能力をアップさせるためには、まずその世界に入り込んでもらうことが大切なのではないか？　と、ここから一つのヒントが見えてきます。

そのモンスター関連で思い出すことがあります。やはり音楽パーティで子どもたちの演奏発表のほかに先生の音楽演奏もありました。お手伝いをしてくれたお姉さんの演奏はモンスターの番組の主題歌、私の演奏は、スタンダードナンバーだったかな（曲名忘却）。お姉さんのポケモン演奏はバッチリでした。お菓子タイム、ゲームタイム、その他があったのですが、後日、私が、「パーティどうだった？」と子どもたちに聞くと、「ポケモンのお姉さんがよかった」と口々に言ったのです。「ポケモン、ポケモン……」

私としては、そのポケモンが一番人気なのはわかりましたが、ほかに何か思ったことはないのかと思って聞いても、答はないのです。そして、「私（教えている先生）も何か弾いたけれど覚えてる？」と聞くと、「おぼえてな～い」と口々に言いました。

　私は軽くショックを受けましたが、この正直な反応は心地悪いものではありませんでした。

　心に強いインパクトを持つことはとてもいいし、それをストレートに言うこともとてもいい。

　大人はどうか？〝先生の演奏に何か言うなんて控えよう〟とか、〝先生が演奏してくれたのはありがたいと思わなくちゃ、忘れたなんていけないことだ〟などと思うのでしょうね。気を使って物言いをしてくれるのはいいのですが、気を使っている割に、言われたこちらがスッキリした気分になれない時があるのは何故でしょう？　先に書いたことと同じことを言ってしまいますが、思った通りに言ってくれた方がよほどスッキリするのです。大人ももっと子どもみたいになれないかなぁ。

子どもは反応が早い

小学校に上がる頃になると、教室に通う時、子どもは親にどうしても付いていて欲しいわけではなくなりまして、送り迎えだけ親が来るという状況が多くなります。ついこの間まで、親がいないと不安だったはずなのに、もう親はいなくても大丈夫。今日は、お父さんが来てくれるか、お母さんが来てくれるかどっちだろう、と思っていたら、ある女の子、お父さんが来ると、

「あっ、お父さんだ」とはずみ、ニコニコうれしそうですが、お母さんの時は、「お母さんか」と、つまらなそうに不満そうに言うのです。

何故？　お父さんは、何も言わずにただ連れてくるお父さんでしたが、女の子のやっている姿を好意的に見守っている雰囲気ではありました。それに比べ、お母さんは、「今日は、ちゃんとやった？」とチェックが入ります。女の子は、「やったよ～」とうるさいなぁという雰囲気で答える、という状態でした。

この子に限らず、大人を見て（大人と接して）、大人とは親に限らず、即座に態度をハッキリ変える子ばかりです。かわいがってくれそうもない大人には、さっさとその大人に寄らずに避けていく、そうでない大人には、寄って行くのです。

私の考察。子どもとは、瞬間的に、この大人は自分にとって味方か敵か、感知できる能力を持った生き物ではないか、と思ったのです。しかも全体像を把握できてしまう。この能力を言ってみれば、動物的勘。これはスゴイ、と私には見えたのです。〃でも、子どもで変な大人について行って事件になることもニュースで見ますよ〃と言われるでしょう、確かにこういう子もいます。しかし大人より騙される率は格段に少ないのではないでしょうか？　ニュースになる程ではなくても大人はしょっちゅう騙されている（悪質商法に掛かる、金銭トラブル、結婚詐欺等）ように私には見えますが。

大人はどうか？　先にも書きましたが人間関係に悩んでいる大人が多い、と耳に入ってきます。その中には、色々なものがあるでしょうが、まず、大人は一瞬で人を判定できるでしょうか？　もしかしたら、〃見かけで判断してはいけない〃とか、〃付き合っていないのに、予断を持ってはいけない〃などという大人の思慮で、判断しないようにしているのかもしれません。ですがよく考えた末に出した結論は、この小学1年生位の子の出した結論より的を射ているでしょうか？　確信を持てましたか？　残念ながら、私にはそうは思えないのです。私自身もこの点については子どもにはかないません。

しかし、大人の大変さも書いておこうと思います。それは、大人は、子どもと違って、自分に都合の良い人以外の人とも付き合わなければならない、その場合の付き合い方の作戦というものを考えなければいけないわけで、ここが、大人が子どもがしなくてもよい仕事をしなければならない難問なのですが。


習いたての小学1年生の男の子。教室で曲の練習中、なかなかうまくいかない時、彼が演奏後一回一回言うことは、

「僕は今、親指の動きが悪かったので、この曲がうまく弾けなかった」

などと分析します。大人であってもこんなふうに分析できている人ばかりでしょうか？

私は、この子はスゴイと思いました。この子は大人になったら頭の良い優秀な人間になりそうだな、と予想しました（実際そうなりました）。


習いたての小学校低学年の女の子。練習中、なかなかうまくいかない時、彼女が演奏後

一回一回自分の指に話しかけます、そして言うことは、「あなた、そこはミを弾けって言ってるでしょ、わかった？」「わかりました」などと言って、一人芝居をやってくれるのです、面白い。

大人はこんな面白いことはやってくれません。

生徒さん、小学校3、4年生の女の子は、自転車で転んで利き腕を骨折してしまいました。しかしレッスンには来て、できる範囲で（残った力で）レッスンをしていました。レッスンを受けていても普段通りの元気さ、何も大変ではない、ということです（このこと自体、愚痴を言ったりするたいていの大人は負けている）。この子のけがが治ってから、「けがしているのに元気でいいよね、大人になっても、おばあさんになっても、ずっと元気でいられるとカッコいいよ、踊るおばあさんなんていいかも」と私が言うと、すぐその子は立ち上がって、踊りだしました。片手を上げて、腰を振って、彼女のオリジナルな踊りのようでした、踊りながらこの子は、「こうやって踊るおばあさん？」と言いました。

ちなみに踊りを習っている子ではありません。

いいなぁ、子どもは自由で面白い。

大人はどうか？　こういう時こういうことをする大人っていますでしょうか？　大人は身体が重くて、動きが悪い（スポーツ選手などのことはわかりませんが）でしょうね。また、反論する人もいたりします。

「無理よ～誰だっておじいさんおばあさんになれば身体が衰えてきてそんなことできなくなるのよ」と決め付けてくる人もいますでしょう。

まぁ、どっちにしても面白くない。

子どもにとって日本語とは？

最近では、小学生の子どもでも携帯を持つ子が多くなってきました。

生徒さんの話、小学校低学年の女の子。その持っている携帯は簡単なメールもできました。ある時、教室内でレッスン開始前、その携帯に親御さんからメールで連絡が入りました、大切なことらしいので、

「お返事出していいよ」と私が言いまして、送信が終わるのを私は待っていました。

ところがその子は、すぐ立って、楽器に向かいます。もう一度私が、「今出していいよ」と言うと、その子は、「出した」と言ったのです。

え？　早い。ちなみに何と書いたでしょう？　興味を持って聞きました、見せてくれたその言葉は、ひらがな2文字〝うん〟でした。立って移動しながら書いて送信したのです。この早業と要件を十分満たしていると思われるひらがな2文字、スゴイと思ってしまいました。ちなみに絵文字1つよりスゴイと思いますね、私は（この〝うん〟は最短文メールとして私の記憶にインプットされました）。

この子は学校の勉強では苦労していました。例えば、時計の15分の所には3と書いてあって、どうして3なのに15なの？　というところでつまずいてしまい、理解が進まないということでした。しかし、携帯の扱いは大人以上。平成生まれ以降の人は昭和生まれの人よりIT系ではずっと上に行くだろうな、と思わされた出来事でした。そして実際2023年現在、日本においてカッコよくSNSを使っているのは、平成生まれだと見えます、私には（が、ITが万能だとは思ってはいません、色々注意事項があることは言っておきます）。

ここで辛口、世の中から聞こえてくる声を聞いていていて思う事。仕事上などで（政治家、役所関係者含む）昭和の人がＩＴ関係で、平成の人たちの（後輩の人たちの）仕事上の邪魔をしていませんか？　今までのやり方がいいんだ、と決め、下の人たちに押し付けていませんか？　これらの不満の声がちょいちょい耳に入ってきます。上の立場を振りかざし世の進歩を遅らせているとしたら問題です。私は、この上の人の間違った古さの押し付けを、老害と言えると思うのです。

時計の話で思い出す事があります。小学1年生の子どもたち数人の前で私が言いました。

「次のレッスンの日は、○月ついたちですよ」

するとみんなは、「ついたちって何日、いちにちのこと？」と聞いてきました。

そうか、その時何故通じないのかを悟りました、日本語は難しい、日にちを言う時、10日を過ぎ、11日以降は、〝じゅういちにち、じゅうににち～〟と言って、小学生に通じるのですが、1から10までは、〝ふつか、みっか〟といった古来の日本語で、学校で教わっている数字の言い方とは違う。また20日になると、〝にじゅうにち〟とは言わず、〝はつか〟となります。30日となると、〝さんじゅうにち〟です。しかも、一日は、ひい、ふう、みい、にも当てはまらない〝ついたち〟などと言う。しかし、一日の言い方は〝ついたち〟以外はないですよね。

ほかにも、鉛筆の数え方、1本は〝ぽん〟、2本は〝ほん〟3本は〝ぼん〟。小学校低学年やそれ以下ですと、何を数えるのも〝ひとつ、ふたつ、～〟か〝いっこ、にこ～〟が通じやすくなってこちらもそれに合わせてしまうこともよくあります。

ですが、日本語愛好家の皆さんからすると、〝朔日＝ついたち〟や〝晦日＝みそか〟という言葉は消えて欲しくはないでしょう、私もその一員として、こういう言葉が消えるのはさみしいです。子どもにはここは頑張ってもらうしかないかもしれません。

日本の言葉問題で思い出すことがあります。生徒さん、お母さん、自分の高校生の娘さんのことを話してくれました、

「うちの子は、『あす、あさって、しあさって、が日本語にあるのに、きのう、おととい、があってどうして、しおととい、がないの？』って言っていました」と。このお母さんも子どもって発想が面白い、と感心している様子です。

私も思いつかなかったなぁ、そして書いていて今初めて気付きましたが、本日より先のことは、皆〝あ〟の付く言葉が主流になっているのに、前日までの言葉は不揃いだ。何

故？

　子どもたちと話すと面白い事がたくさん出てきそうだな。大人からはあまり面白い話は出てこないようです、少なくとも私の経験では。


　鉄道好きの中学生の男の子、教室でギターレッスンを受けていました、その子の話。彼は鉄道の大ファンで、列車を背景にホームに立った写真を入れた年賀状をくれたりします。将来なりたいものは、電車の運転手だそうです（そして後、鉄道会社に就職が決まりました）。確か２０００年を超えたあたりからだったと思いますが、駅のホームにフェンスが作られるようになりました。事故防止のためなのでしょうか。私は単純に、「これで飛び込み自殺が減ってよくなるね」と言ったところ、その子は、「全然（よくならない）」と言いました。何故？

「自殺する人は、あのフェンスを平気で飛び越してくの」と私に教えました。

　えっ、そうなのか、聞いて驚きましたが、この子もよくこんなことを知っているなぁと感心しました。本当に鉄道関係が好きなんだなぁ、この子は幸せな子だなぁ、と私には見えました。

勉強はまあまあできるけれど〝やりたいことが見つからない〟と言っている若い人を見るにつけ、この男の子のことを思い出してしまいます。この子を見ていると、勉強がまあまあできるなんてことより大切な事がありはしないか？　と思わせてくれるのでした。

子どもの好きな人は誰か？　そして大人になりたいか？

子どもの話で印象的だった事。小学校低学年の女の子から、いきさつは覚えていませんが、死の話になりました。女の子が言ったことは、

「死ぬの怖くない、（自分の）右と左にパパとママがいて、私としっかり腕を組んでいてくれれば怖くない」でした。

ふうんそうか、こういう言葉は初めて聞いたな、子どもにとって一番大切なものはお父さんとお母さんなのだな、どういう住居に住んでいようが問題ではなく、大好きなお父さんと大好きなお母さんがいてくれて、自分を守ってくれることが一番大切なんだな、お父さんとお母さんが子どもにとっては家のようなものなのだ、と思いました。

ここで考えるのは、暖かいお父さんと暖かいお母さんに囲まれていない子どももいるであろうに（様々な事情で）、そういう子は私の想像も及ばない程の心的状況があって色々と大変なのだろうな、ということです。ここの大変さは、2、3行の文章で済むものではないと思いますが、ほかの人の書いた経験談その他に耳を傾けたいと思います。

「パパが好き、ママが好き」の話で思い出す事があります。小学校高学年の女の子の話。教室で何が好きかを言って、その言葉をモチーフに短いフレーズを作るというレッスンをやっていました。女の子は、パーカッションを2回叩いて、（二文字のものを表す）「先生、私が世界で一番大好きなもの当てて」とクイズを出してきました。「わからないなぁ」ついに降参。答は「ママ」でした。やっぱり、子どもにとってママやパパが（この子の場合はママに傾いていました）とっても大切なんだなぁと思いました。

反対に「パパの方が好き」という例。音楽教室に場所貸しをしている女性の話です。お子さんは二人で、男の子と女の子。

「うちの子は二人とも私のことよりパパの方が大好きなの。パパは子どもと遊んであげているからなの、しつけをする時とか注意をする時とかは私の役。パパはいいとこ取りしていてズルイ」とこぼしていました。この話では、ちょっとお母さんの方に同情します。

では子どもはパパとママが好きなだけか？　というとそういうこともなく、その他には、遊ぶ同性の友だちや、異性の友だちや、先生や……が好きのようです。

小学2年生の男の子が、

「おれ、幼稚園の時から、○○ちゃん（女の子）ひとすじ」と言いました。

私はこれを聞いた瞬間、この男の子が、40歳位の大人の男性に見えました。こういうことを言う小学2年生の子っているんですよね。

小学3年生の女の子は、「今は○○クン（男の子）が好き」と言いました。この子はひと月前は○○クンではなく、◇◇クンだったのです。こっちも話についていくのが大変だなぁ。

小学2年生の女の子は、「○○クンも好き、でももっとママが好き」と言いました。

小学3、4年生位の女の子の話。個人レッスンをやっていたので、前のレッスンの人と後のレッスンの人がすれ違います。その日は、前のレッスンの人は小学5年生の男の子でした。

男の子が終わって男の子は玄関へ、さぁ次は女の子のレッスンだと私が告げる間もなく、女の子は玄関に飛んで行って、靴を履いて外に飛び出して行きました、あっと言う間に。その子は外に出たその男の子の後を付いて行きましたが、男の子は自転車で走り去って、女の子は後を追えず、後ろ姿をずっと見ていました。

この素早さ、この行動、私は驚きました。女の子は一見してこの男の子に興味を持ったそうです。そしてまた私は少なからずショックを受けました。この子が私の教室に通ってきてくれるのは、音楽が好きなことはもちろんですが、私のことが好きだから来てくれているのだ、と密かに自惚《うぬぼ》れていたからです。私のことより、一目で気に入った男の子がいたらそっちへ行っちゃうのね。そうかぁ、私はフラれたなぁ、と思いました。

それにしても、子どものこのストレートな行動、面白いです。

子どもの皆が異性に興味があるわけではありません。教室でほのぼのとしたアニメの歌を歌っていた時です。この歌は、男の子に〝恥ずかしがらないで〟と呼びかけている歌です。私が、「学校にもこういう男の子が一人や二人いるでしょ、その子に話しかけるように歌う歌だよ」と言うと、小学校低学年の女の子が、「そんな子いない、男の子は嫌い」と暗い感じになりました。

「どうして男の子は嫌いなの？」と聞くと、「男の子は、いつもあばれていて、騒いでいて、先生の言うことを聞かない」「男の子は、先生がいなくなるとマスクをはずして（2020年からのコロナ禍の時のことです）ふざけてる」との答でした。

この同じ話を小学校高学年の女の子の生徒さんにしました、答は低学年の女の子と同じでしたが、表情は複雑です。彼女の心は、「上級生やほかの子は、彼氏がどうのとか言ってるけど」ということで、自分の嫌いな男の子たちの中から恋人を作らなくてはならないのか？　結婚相手を選ばなくてはならないのか？　大げさな表現ですが苦痛だなぁ、という感じです。

この話を小学校高学年の男の子の生徒さんにしました。彼の答は、「女の子はおとなしい」でした。

小学生から男の子と女の子は交じり合っていない感じなのかなぁ、こんなものなのでしょうか、人間の自然な姿とは。

男の子と女の子が交じり合わない、ということで思い出す事があります。この場合は男の子と大人の女の話ですが。その同業者には、小学校1年生位を筆頭に男の子が三人いました。お母さんからは、「うちの息子たちいつも何とかレンジャーだとか、やっつけたとかやられたとか、そんなことばっかり言って騒いでいるの。私はたまにはTVを一緒に見てドラマや映画の感想を言い合ったりしたいのに、そういうのに全然興味を示さないんですよ」「うちの中はとても賑やかなのにさみしいっていう気持わかります?」と言っていました。やはりこういうものなのですかね、男と女というものは。

さて、もうじき中学生という生徒さん女の子の話。

「中学生になりたくない」と言うその理由は、「小学生の時は、すごく楽しかったけれど、中学生になると楽しくなくなる気がするから」でした。

ほかの小学6年生位の生徒さん女の子は、「大人になってなんかいいことあるの? お金稼がなきゃならないし、仕事しなきゃならないし、苦労することばっかりでしょ、大人になんかなりたくない」と言っていました。

フム、彼らからすると、大人ってこう見えるのか、と思いました。これを読んでいる大人の皆さんだったら何と答えるのでしょうか？　ある人（大人）は言ったそうです。「自分で稼いだお金で好きなものが買えるのよ、素敵なお洋服やハンドバッグ、またおいしいものが食べられるのよ」と。もちろんこの言葉で彼らは納得しませんし、私が聞いてもそんなに魅力ないなぁ。この程度だったら、小学校時代の楽しさには対抗できるとは思えません。

大人の皆さんにお尋ねしたいです、〝大人になるとはどういう事か？〟

私はこれを書いていて気付きました、私自身も子どもに伝えるしっかりした考え（哲学）を持っていない、ということに、情けない自分だ、ということに。私がこれまで後輩に言っていたこと、思っていたことは、「自由に生きていいんだ、自由に生きていこう」ということでしたが、これは、子どもたちの問いに対する完全な解答にはなっていない、大人と子どもの違いを全く言ったことになっていないのです。

本来は、〝大人になるとはこういう事です〟と子どもにしっかり伝えるのが大人の役目であるはずですよね。大人の皆さんの知恵を頂きたいところであります。

子どもが面白くない存在になる時がやってくる

そしてやって来ました。この文の初めの方で書きました、子どもがかわいくなくなる時が。かわいくなくなり面白くなくなり良さも減っていき、私に言わせるとモテ度がダウンしていく時が。

音楽発表会をしますと、かわいい時期の発表会の時がどこの発表会でも一番お客さんが多いです。お父さんお母さんはもちろんのこと、おじいさんおばあさんも来てくれ、ビデオを撮ったり、熱心に見たり聞いたりしてくれます。

ところが、中学生、高校生の発表会になると客席がさみしくなってきます。演奏力はかわいい頃よりアップしているのですけどね。

同業者の先生たちにも、「あんなにかわいかったのに、かわいくなくなってきてガックリ」とか言う人もいます。

このかわいくなくなったのは、見かけもありますが、中身もあります。次にその例を。

小学校低学年の女の子に大変人気のあった『セーラームーン』、かわいらしい女の子たちが出てきて、悪い男どもをやっつける、女の子たちはカッコいい正義の味方、という筋のアニメだということです、曲も流行りました。それまでの古い女の子のイメージは、強い女の子＝身体が大きく、筋肉モリモリ、かわいくもない。勉強ができる女の子＝めがねをかけたガリベンタイプ、かわいくもない。を覆した『セーラームーン』、受けるのはわかるなぁ、と思っていましたが、小学3年生位の女の子に聞いたところでは、「『まだ、セーラームーンの下敷きなんて持ってるの？』と言われてバカにされる」そうです。

始まりました、子どもが自分より幼い子のやっている事をバカにして、自分が大人になったことを自慢する心の動きが。どうしてセーラームーンの下敷きをいつまでも持っていてはいけないの？　わかりません。こうやって幼い子の行動を全部否定することが大人になるということなの？　わかりません。これは大人になる上で必要な過程なの？

私には、この心の動きは、つまらない大人になっていく過程に見えてきてしまうのです。

次の例にいきます。

「欲しいものは何?」と聞くと、小学校高学年の女の子の生徒さんは、「こういうの」と言って、指を一本出して左から右へ動かします、つまりスクロールをしているつもりなわけで、イコール、スマホのことです。中には、「一千万円」と言う小学校高学年の男の子がいます。これは生徒さんからのまた聞き。

これらはその辺の、どこにでもいる大人の男と女と違わないですよね、何も面白くない。もっと小さかった頃は、お菓子の小さい付録や、人気のモンスターの描かれたカレンダーにあんなに目を輝かせていたのに。

音楽発表パーティの後、参加した子どもにどう思ったのかを聞きたいのは、主催者としては当然の心です。小学校低学年の女の子に聞いた時のこと。隣にお母さんがいました。子どもが、「楽しかった」と一言言いかけた時、横のお母さんから、「『参加させてもらってよかったです』と言いなさい」と注文が入ります。私は、お子さんの発言を自由に聞きたいのでその旨を伝えました。

まあこの時はこれで終わりましたが、別の場所ではこの子はいつもお母さんの注文(命令?)通りに発言させられていくのかなぁ、と予想され、この子は自分の考えが持てない人間になってしまうのではないかなぁと心配になります。そうなると子どもの面白さは死んでしまいます。

中学生の女の子からの話、

「学校で女の子たちが集まってお父さんの悪口を言い合うんだけど、私はお父さんのことは嫌いじゃないし、どちらかと言えばお父さんが好きだけど、お父さんが好きとは言わないでみんなに合わせちゃってるの」と言っていました。ちょっぴり罪の意識はありそうにしながら。

最近、耳にするようになった日本人の悪い所の一つ＝同調圧力の中学生版ですか？　大人の欠点を既に持ってしまっている中学生たち、面白くないだけでなく、問題を感じますね。

中学3年生の女の子の生徒さんは、「学校でいじめを見た時には、知らないふりをしているのがうまくやっていくコツ」と。こう言う子も出てきます。

もうここまでくると、子どもらしさなどみじんも感じられません、これを読んでいる人の中にも〝嫌なヤツ〟と思う人も少なからずいるでしょう。

いじめに対する色々な子ども、色々な親

いじめの話が出ましたので、続きを書きますと、子どもたちが皆ここに書いたような子になっているわけではありません。

いじめられた女の子の話を、教室に通っているお母さんから聞きました。

「自分たちの住んでいるマンションの壁に、『○○（女の子の名前）死ね』と書かれたりするので、うちの子は学校に行きたくなる」という理由から、親子で他府県に引っ越したとのことでした。

「私はいじめは大嫌いなので、いじめている子に、『いじめはやめなよ』と文句を言っている」と言った、小学校高学年の女の子の生徒さん。

「学校でいじめがあっても、見て見ないふりをする子がいっぱいいるので、気分が悪くなって、学校に行きたくなくなる時がある」と言った、中学生の女の子の生徒さんなど、

色々な子がいました。

いじめ問題に取り組んでいる方もたくさんおられるので、興味のある方はそちらの書などを見ていただくとして、ここではいじめにあったお子さんの親御さんらの例を書いてみます。


初めの方で書きました、昔のお母さんの子育て話で耳に入れたいものをここで書きます。

今ではお孫さんもいる戦前生まれの女性が、パーカッションの教室に通ってきていました。その人の子育て時代の話。

「昔、うちの娘が、いじめられて泣いて帰ってきたの、その時、娘を家に入れず、『戻ってやり返してきなさい』と言って追い返した、それで言い返してきたようだった」と言っていました。もちろん、いい事をした、と思っているようでした。くじけない娘に育てたいという心ですね。この育て方はいいなぁ、と思いました。


ある大正生まれの方の話。

「うちの息子がよく学校の男の子たちにぶたれる（いじめられる）ので、その子たちを家に呼んで、言ったの『あんたたち、そんなにひとをたたきたいの？　だったらうちの子ではなくて私のことを気のすむまでたたきなさい』と。それでおさまったらしい」ということでした。カッコよくないですか？　この子育て。

また、音楽教室にお勤めの女性で、男の子一人のお母さんの話。

「私の子育ては、自分でも大したことないと思っているけど、最低限の事はしなくちゃと思ってやっているの。子どもに、『学校でいじめられてない？』『いじめてない？』って聞いて、『うん』の返事二つを聞いて、安心している」ということでした。この子育ても私は好きですね。短く要点をまとめていると思います。

第三章　子どもが大人の世界に反発する時代

子どもがお父さんお母さんに対して嫌がっている事

さて、かわいくなくなった話はここまでで、子どもが親に反発する時期がやってきます、男の子にも女の子にも。

子から親への反発話、誰に言うのかというと、もちろん同級生同士という例も多いのですが、音楽教室の先生に個人レッスンの場で言うケースも少なくないです。

たまに尋ねられます。

「音楽教室で学校の先生の悪口を言ってるんじゃない？」

答。確かに学校や学校の先生に対する不満も聞きますが、圧倒的に多いのが親に対する不満です。やっぱり一日の長い時間、365日一緒の親には言いたいことも多くなるようです。親御さんからすれば、こんなに苦労して育てたのに、ついこの間まで自分に懐いてあんなにかわいかったのに、というところでしょうが、子どもからすれば真剣です。

小学校2年生の女の子。レッスンにお母さんが付いていなくても平気になって間もない頃、〝親に対して子どもが不満を言うことがある〟ということが話題になりました。女の子が私に聞いてきたことは、

「ほかの子も、お母さんに『うざい』って言ってる?」でした。

小学2年生で早くもこの発言です。ただし、この子の場合、24時間中で少しだけ、一つか二つ不満に思うことがある、という程度ですが。

小学校4年生の女の子と中学生の女の子のお母さんから聞いた話。お母さんの方が生徒さんです。

「最近、うちの娘たちが私に反発してくるんです」とのこと。どういう反発かと言うと、小4の次女の方は、「娘がクラシックピアノを練習しているそばに付いていて、私が演奏を見

てあげているのですけど、『そこ、調号にあるフラット落としたわよ』と注意したら、娘は黙って弾き続け、その曲の続きからすべてのフラットを落として弾いたんです」ということでした。

音楽に詳しくない方のために説明すると、調号にあるフラットを落として演奏すると、いわゆるドレミファソラシドにならず、調子外れの音が出てきて耳に異様な感じが出てきます。またさらに説明すると、この女の子がその後すべてのフラットを落として演奏できたということは、その子はフラットの場所がすべて認識できていることになるでしょうし、異様な感じのするのにも耐えて演奏し通せる実力があるとも言えます。つまり、〝お母さんに言われなくてもそんなことはわかっている、バカにしないでくれ〞と言っていることになります。

中学生の長女の方は、お母さんに向かって「どうしてあんなお父さんと結婚したの？」と問い詰めてくるそうです。

お父さんに対しては彼女は批判的な目を向けている一方、お母さんの方は彼女の基準ではいい人に見えていて、そのお母さんがあまり良くないお父さんと結婚したことが腑に落ちない、ということで、だいぶお母さんに厳しい目を向けるようになり、厳しい発言をするようになったとのことです。

それでお母さんはどうしたか、というと、「もう、この子たちにとって母親は必要なくなったのだ、と悟りました」とさみしそうにしていました。が、あまりの追及の厳しさに耐えられなくなって、半家出をしたことがあるそうです。

「夜中に家を出て、夜明けまでドライブしていました、家にいるのが嫌になって」と言っていました。

よく聞くケースは、子どもの方が〝家に帰りたくない〟というものでしたが、親が〝家にいたくない〟ということもあるのですね。


高校生の女の子の生徒さんのお母さんから電話が掛かってきたことがあります。

「うちの子、今日そちらのレッスン日でしょうか？　うちの子がどこに行ったのかわからないんです」という心配の声です。

「いいえ、今日はお約束していませんし、みえていませんよ」と答えます。

後日レッスンで女の子が来た時彼女は、「うちのお母さんうざくて嫌だ、同級生とかはお父さんが嫌だと言ってるけど、私はお父さんの方がいい」と言っていました。

『うざい』とは？　発言内容が気に入らないというよりも、言い方が嫌だ、と言っているように私には聞こえます。しつこい、ということでしょうか。

10歳代後半のギターレッスンに通っていた男の子の話。

「うちの親（女親）、本当にしつこい、しつこくてたまらない」とすごく嫌そうに言っていました。

たぶん親御さんは自分のことをしつこいとは思ってはいません。だいたいにおいて親御さんは、自分の子からどう思われているのかわかっていないように見えます。自分の子には気を使わずに何でも好きなように言っていいと思っているように見えますね、しかし子どもは嫌がっていますよ、と私は言いたいです。

小学校5年生の女の子。お母さんに言われることがやっぱり嫌そうでした。

「お母さんが勉強しろ勉強しろって言ってくるのが嫌だ」、と本当に嫌そうです。

お母さんからすれば、勉強して欲しい時に子どもが違うことをしている、どちらかと言うとダラダラしているように見える、ということで言うのでしょうが、私はこの場合も、子どもの味方をしますね。

まず、勉強しろ、と言わなくてもいい子どもというのは、勉強が好き、または勉強することを苦痛とは思わないわけです。言わなくてはならない子どもとは、勉強が好きではなかったり、苦痛だったりするわけです。考えてみれば、子どもだろうが大人だろうが、乗り気のしないことは誰でも気が重い、イヤイヤながらやることになるのは自然（仕方がない）なのではないでしょうか？　勉強が嫌い、でもやらなくてはならないと思っている、ということの子どもの心の中の葛藤は軽くはありません。それなのにこういう親御さんは「勉強しろ、勉強しろ」と言うばかり。それだけでなく、「勉強することは大切なの、わかってるの？」などと付録まで付ける場合もあります。わかっているに決まってますよ、わかってなければ、もっと子どもは反発の態度をとってくるはずですから。

こういう親御さんには、子どもの苦しみをわかって欲しいですね、こういう親御さんは自分は本当は勉強したことがあまりないのではないのか？　と思ってしまいます。こういうお子さんには勉強することの苦痛を取り除いてあげることが一番大切ではないかと思うのですが。

ということは、親も一緒に勉強を頑張って苦痛でないところを見せるということになると思うのです。

中学生の女の子の生徒さんから。日曜日にお父さんが女の子の勉強を見てくれるそうです。

「うちのお父さん、『数学がわからないのか、お父さんが教えてやる』と言って私の宿題を見るんだけれど、いつまでたっても『う～ん、う～ん』とか言って答を言わないの、本当はお父さんも問題がわからないっていうのは私にはわかっているけど、『お父さんわからなければいいよ』と言わないで私はずっと待ってる」と言っていました。

もう、中学生の女の子の方がこのお父さんより大人（良い意味）に見えませんか？　こうなると、この子についてはもう親への尊敬心はかなりなくなってしまいます。

自分の子に頭を下げられない親御さんもいるのですね。かえって頭を下げた方がお子さんから、正直だ、という高評価をもらえると思うのですが。

中学生の女の子、この子のお母さんが生徒さんで、お母さんからの話です。夏休みに子どもたちを連れて自分の実家に行った時の彼女の話。

「実家に残っていた、私の子どもの時の成績表やテスト用紙をうちの子が見つけてしまって『お母さん、私に勉強しろ勉強しろっていつも言ってるけど、自分は子どもの時にこんなに成績悪かったの、なあんだ』って言ったんですよ、私は何も言い返せなかった」

その後、このお母さんはその子に「勉強しろ」と一言も言えなくなりました。その後その子はどうなったか？　その子は前より勉強するようになりました。そして英語が得意になって、通訳者なしで外国に行けるようになったり、英語でメールを外国人と交換したりできるようになりました。

この話は何かを暗示しているように思います。やたらに「勉強しろ」と言うのがいいやり方ではないということですね（わかっている人には当り前のことを言っているにすぎませんが）。

中学生の男の子と高校生の男の子がいるお母さんのレッスンでの話。

「うちは親子仲いいですよ、子どもは親の言うことはよく聞くいい子です」と言っていまして、話だけ聞くと親子がうまくいっていて結構なことです、と思われます。が、用があって家に電話した時（当時固定電話）、その中学生の男の子が電話に出ました、お母さ

んから聞いている話を告げると、

「母はそう言っているかもしれませんが、僕たちは母親に不満があります」とやっぱり嫌そうに言っていました。その例として、

「僕が忙しいのに、母が出かける時、『TV番組の録画しといてぇ』と言ってさっさと出かけるのがいつものことなので嫌なんです、母は自分では録画の仕方がわからず、僕が『自分で取説を読んでやってみてよ』と言ってるのに読もうとしない、読んでわからなかったら教えてやろうと思っているのに」ということでした。

話は一方的に聞いてはダメなんだな、と私は思いましたし、親御さんは自分の子どもは自分の思い通りになるものだと思い込んでいるんだな、やっぱり親御さんは感度が鈍いんだな、とも思いました。この場合もやはり子どもの方に同情しますね。

またこの録画を子どもにやらせるのが嫌だということは、このほかの人（男女）からもいくつか聞きました。

話を一方的に聞いてだけいてはダメという例で思い出す事があります。私の教室に母親と10歳代後半の息子の両方が、別々のレッスンに通ってきているケースがありました。

母の言ったことは、

「うちの息子は私に甘えたいのか、よく私の部屋に来ているんです」

ここだけ聞くと、10歳代後半でまだお母さんにくっついている息子がいるのか、へぇ～と思ってしまうでしょうが、後に息子さんにその話を振ると、

「おれの部屋、冷房がないから冷房のある部屋に行ってる」ということでした。

その頃、最高気温35度C位を連日記録していて、そのお宅には冷房機がそこにしかないという状態でした。そういう状況でしたら誰でも冷房機のあるところに行きたくなりますよね。


高校生の男の子、教室の音楽パーティに演奏で参加した人の話です。

「うちのお父さん嫌なんですよ。僕が勉強している時に、僕の横に来て、『この曲を聴け』と言って、耳元で親の好きな曲を大きな音で流すんですよ」と嫌そうに言っていました。

この話も、高校生の方に同情してしまいますよね。

子どもに味方をします

以上、子どもが親に嫌だと思っている事を書いてきました。これらの例から言えることは、子どもが親を嫌がっている時、私は基本的に100パーセント子どもの味方になってしまうということです。これまで書いた通り、親に味方する要素が私には見つからないからです。これを読んでいる方の中には親の方に肩入れする方もおられるのでしょうか？

ここで音楽教室でレッスン代を頂いている私にとって問題が出てくるわけです。心は子どもの味方です。しかし雇われているのは親御さん（＝レッスン代を出す人）から。世の中の商行為は、スポンサーの意図、要望に従って物やサービスを提供することが基本で成り立っているわけです。スポンサーを心で敵に回して子どもの味方をすることはできるのか？　結論を言うとできないです。

ここで、〝親御さんに子どものことを話して理解してもらえばいいではないですか？〟という意見が出てくるのは当然です。音楽教室で子どものレッスンをする時には親の理解が必須、当然、とは、どの音楽教室にとっても基本の考え方。簡単な事ならばわかってもらうこともあります。しかしながら私には親御さんにこの事（親御さんへの反発心）を理解してもらうのはかなりの難関、あまり成功しませんでした。〝あなたの能力不足でしょ〟と言われればその通りかもしれません、うまくやっている方（先生）がいたらお話を聞いてみたいものだと思います。ほかの先生たちはどうしているのでしょうか？

振り返ってみれば、妊娠出産したお母さんに対して頭の下がる思いの私でしたが、子どもが親への不満を言い出した時からは、お母さんに尊敬心は持てなくなってしまいます、尊敬心ガタ落ちです。残念ながら。

また、これらを読んだ大人の中には、子どもの悩みなんてこんなものか、大人の悩みに比べて大したことないな、と思う人もおられるでしょうが、私は結論から言うと、この大人の考えとは全く違います。〝大人の悩みって何？〟例えば金銭問題？　職場や親戚間の人間関係？　夫や妻の浮気に悩む？……

まず、人の心の負担感を外から測ることってできるでしょうか？　例があまり思い付かないので災害に見舞われた人たちを出します。

私の生徒さんは、男の子の双子の幼児（2、3歳）のおばあさんでした。その人からの

２０１１年東日本大震災の時の話です。その双子の幼児は津波にも遭わず、命には別状ない程度の震度５の地域にいました。

「うちの孫たち、地震の時喜んじゃって、揺れるのを面白がっちゃって、キャーキャー言って飛び跳ねていました」と言っていました。

私は子どもって面白いなぁと思ってしまいましたが、これを読んだ方で、もしかして〝不謹慎だ〟と思う方がいらっしゃるかもしれません。

大人だって人によってショックの受け方が違うように見えますよね。事象から見ると皆さん同じように大変な目に遭っているとはいえ、心に深い大きな傷を負った人から、次の日から〝頑張るぞ〟と言って前を向いてたくましく歩んでいく方まで様々。傍から見て誰のショックが当然で、誰のショックは変だとか言えるのでしょうか？　同様に、子どもの親に対する嫌さの度合も事象だけ見て傍からは測れるものではないです。

ここで、何故私が子どもに味方するのかの理由をまとめておきます。

1、大人はどんなに悩んでいたとしても、自分の自由にできるお金を持っている。

お金を持っていれば行動に色々な自由があります、酒を飲んでウサを晴らすとか、気の合う人とお茶会をして自分の気持を聞いてもらうとか、どこかの場所に相談したり訴えたり、問題を忘れさせてくれる旅に出たり……逃げ道があるのではないですか？

2、大人はお金のほかにも、自分の行動を自由にできる能力（手段）を持っている。

言葉もたくさん知っていて、言葉には言葉で対抗できる、情報も自由に入手できる、身体も出来上がっていて行動は自分の思い通りにできる……解決策が見つけやすいのではないですか？

3、大人は選挙権を持っている。

政治家は、投票権を持っている人に向けて政策を打ちがちです。少数の声、投票権のない人の声を聞くことは二の次、三の次になってしまうのではないでしょうか？

〝子どもの声は保護者の大人が代弁すればいいのではないですか？〟という意見も当然あるでしょう。ですが、およその代弁者にはなれるでしょうが、完璧な代弁者にはなれますか？　また、親が子どもの心を100パーセントわからなければならない、ということもないと思います。また中には、親の存在が子どもにとって不利益になっていることもあって、こういう親の下の子どもは本当に大変です。

子どもには心をどうにかできる武器（手段）がないのです、大人に比べ圧倒的に少ないのです、子どもに味方するしかないではありませんか。

２０００年を超えた頃から〝弱者を思いやろう〞という声が大きくなってきたように感じますが、色々な弱者がいる中で、『子ども』という存在を絶対に忘れてはならないでしょう。

学校の先生も大変だ

さて、子どもは親に反発するだけではなく、学校の先生に対して、学校に対しても反発します。

まず、先生に対して訴えていることを聞いていても、ほとんどの場合、子どもに味方できることが多いです、だいたいがその先生が個人として教育者としてどうなのか？　と思われる先生のことです。

また、私の音楽教室に関わった学校の先生の中にも大きく「?」が頭に浮かぶ方もいました。貸した本を何度も催促したのに返してくれなかったり、親子共演に参加してくれた時、楽譜通りにどうしても演奏してくれなかったり(自分の弾き方にあくまで固執する態度)、一般の大人の方には見られない態度をとられることがあって、〝学校の先生だから変なのか?〟と感じてしまったので。

しかしながら、ここに書いたことは、先生一般に言えることではないと感じます。今回はその反対の事を書いてみます。学校の先生も大変だなぁ、と思ったことの例です。


小学生の子どものお母さんからの話、お母さんが生徒さんでした。

「私がいいと思っていたうちの子の担任の先生が、違う学校に転任してしまって残念なんです。私以外の母親たちが、その先生のことを不満だと言って、違う先生を希望した声が通ってしまったのです」

多くのお母さんたちの不満とは何だったのかいうと、

「『人間教育より、学校の成績を上げることに力を入れて欲しい』って言っているんですよ、私は人間教育に力を入れてくれるところが気に入っていたのに」でした。

このお母さんの言った通りだとすれば、学校の先生も大変だなぁ。


音楽教室の近くにある中学校の話、教室に通ってきている近所の生徒さんのお母さんから。当時1900年代後期～2000年初め頃、中学校でカツアゲとかいじめとかで荒れていた時代の話です。

「学校の先生が親たちを呼んで、今学校で問題になっていることを説明したり、問題の子の親に家でのしつけをしっかりして欲しいと思って会を開くのですけれど、先生が一番来て欲しいと思っている問題の子の親がいつもこの会に出てこないんですよ、先生も大変です」

とのことでした。この親にしてこの子あり。学校の先生も大変だなぁ。


高校生の男の子の生徒さん、塾に行き始めて良かったそうです。何故でしょうか？

「塾の先生の方が、学校の先生よりも教え方がうまくて勉強の内容がよくわかる」とのことでした。

これを読んだ皆さんはこの子の発言をどう思います？　私はこの場合は学校の先生に同情しました。学校の先生は、勉強以外の仕事（生徒のめんどうを含む）もあります。勉強に関して、一クラス30人から40人位を一度に教えなければなりません。その条件が違う中で、塾の先生と比べてどうのこうのと言われてしまうわけですか？　学校の先生も大変だなぁ。

今、日本人の学校の生徒たちは、先生や塾の先生に対しどう思っているんだろう……よく知りませんが、ここは軽い問題ではないと私は感じています。

子どもを見ていて思う、学校の教育に対する疑問

では、学校の先生にではなく、学校に対する不満にはどんなものがあるのか？　という話に移ります。

高校生の女の子、教室でギターレッスンを受けていました。夏休みになって宿題が終わったかどうかなどと話していた時のその子の発言です。

「読書感想文を書くのが残っていて、この宿題が一番嫌だ」と嫌そうに言っていました。ほかの子からもこれと同じ発言はよく聞きます。この子はほかの宿題で嫌なものはなく、さっさと終わらせたということです。

これを読んでいる皆さんはこの発言をどう思いますか？　私はこの女の子に100パーセント同情してしまいます。この子は読書自体好きではないようです。文章を書く事も好きではないようです。文章をどう書いたらよいかもわからないようです。私自身は、読書好き、また文章を書く事が好きです、この私がそうでない子の苦しさがわかるのです。この状況は、前の方に書きました、やったことのない楽器を与えられて〝自由に演奏していいよ〟と言われているのと同じ状況に見えます。この場合の「自由」は「苦痛」です。ここでまた思い出すのは、ある有名な女性の書いた書にあった、外国の国語の授業です。もちろんその女性の方も外国の授業に比べて、日本の国語の授業には大いに批判的でした。

私の教室では、音楽発表パーティの後、みんなで感想を言い合うことをとても大切にしてきました。音楽を聴いて感動したり何かを感じたりしたらそれを表現する事はとても自然なことです。特に大人は、皆、お互いに〝よかった〜〟とかお世辞ではなく言い合っていていい雰囲気になります。また、言い尽くせないこともあるでしょうし、感想文を書いてもらうこともあります。ほかの教室でもコンサートの後〝感想をお聞かせ下さい〟というアンケート用紙を配ったりしているわけです。ところが、そこで大人から抵抗感が出てくることがあります。

一つ、「人の音楽に批評をする事は生徒の立場ではできない」というもの。

一つ、「感想文というと学生時代を思い出し、感想文は苦手だったし、先生からの評価も低かったので、それ以来感想文は書きたくなくなった」というもの。

どちらも40歳代女性の生徒さんの発言です。またこのような発言を数人から聞きました。40歳になってまだ学校時代を引きずっている人がいるんだなぁ、学校の影響は恐ろしいものだと私はまず感じました。批評と感想は同じものですか？　感動したかどうかが感想ではないですか？　学校で感想文を書かされたおかげで、音楽に感動したかどうかを書くだけの感想文も書けなくなってしまうのですか？　その教育って何だったの？

と、音楽をやっている私も学校の感想文教育にはずっと疑問を持っています。学校の先生にももちろん言い分はおありでしょう、学校の先生とこの点についてお話ししたいですね。話した結果、バトルになるのか、何かわかり合えるのか、全く想像はつきませんが。

この話題に関しては、これ以上は子どもの話から離れていくのでここで切り上げます。

高校生の男の子、生徒さんからの話。

「学校で小説を読む授業があって、僕は夏目漱石って面白いとは思えないんだけど、よいと思わなくてはならないのかな」と自信なさそうに言っていました。夏目漱石に限らず、小説を読んで面白いとは思えないそうです。

これを読んでいる皆さんは、この発言をどう思いますか？　私はこの男の子にかなり同情的です。まず、世で偉大だとされている芸術家や作品、ベートーベンやピカソや『源氏物語』を〝いいものだ〟と絶対思わなくてはいけないですか？　そんなことはないはずですよね。〝ベートーベンの音楽を聴いてもよくわからなくて〟と言ってもいい。〝ピカソは何か変な絵だ〟と言ってもいい。〝『源氏物語』は退屈な物語だ〟と言ってもいい。もちろん〝夏目漱石は面白くない〟と言ってもいい。この発言は、作家さんたちをおとしめているものではなく、個人の素直な感想を言っていて、素直な感想こそ本当の感想だと言えるのです。また『源氏物語』や夏目漱石を〝面白くない〟と言っている有名な作家さんや、物書きの方を私は何人か知っていてここで名前を挙げることもできます（名は挙げませんが）。こうやって自由に発言できることが芸術の世界のいいところではないですか？　〝良さをわからない人はダメ〟とか〝劣っている〟とかの感情を子どもに持たせて欲しくないなぁ、これが私の学校教育への注文です。

ちなみに、この男の子には私の家にあった小説の本をさしあげました、内容は音楽の仕事に携わる人の仕事の話が書いてあるもの。どうかな、つまらないかな、と思っていたら、「面白かった、最後まで一気に読めた、世の中には面白い小説があるってわかった」と言っていました。読書好きでもある私は密かに、〝世の中に一ついい事をしたんじゃないかな〟とうれしくなりました。読書嫌い人間を一人作らないで済んだと。


大学生の女の子、女の子と言うより女性と言った方がいいでしょうか。生徒さんからの話。彼女の大学は、日本人ならば誰でも知っている大学でしょう。

「どうして歴史の勉強をしなくちゃならないのですか？　奈良時代とか古墳時代なんてずっと昔の過去の話で、今と関係ないんじゃないんですか？　まだ現代に近づいてくると大切さもわかるんだけど、一年間授業をやっていると、そこまでいかないで江戸時代ごろまでで終わっちゃうし」との発言です。

これを読んだ皆さんはどう思いますか？　私はまず驚きました。20歳位になって、しかも大学生になって何故勉強をしなくてはならないのかわかりませんだなんて。わからないまま20年間も生きてきてしまったなんて。ほかにもこのようなことを思っている人はたくさんいそうですね、〝数学の難しいもの、ここまで必要なの？〟とか。学校の先生も多分頑張っておられるのでしょうけれど、一番肝心な、〝何故この勉強が大切なのか？〟を十分に伝えて欲しいです、学校の先生たちには。

同業者の女性の話。自分が子どもの頃進路で悩んだ時のことを話しました。彼女はクラシックピアノを習っていて、音楽の道に進みたいとは思っていました。「私のピアノの先生は、中学から音楽中学へ行きなさいって言ったの、音楽をやるのならほかの勉強なんて必要ないし、その勉強をやっている時間がもったいないからっていうことなの」そこで彼女は音楽の授業を専門にやっている音楽中学に行こうか、いわゆる普通中学に行こうか悩み考えた、ということです。

これを聞いた皆さんはどう思いますか？　専門に必要ないなら、音楽だけやっていてもいいと思いますか？　それとも義務教育程度の勉強は日本人として身に付けるべきと思いますか？　その場合、義務教育で必要な勉強の範囲とはどこですか？　私はこの問題は大きい問題として日本にあるのではないかと思うのです。昔（江戸、明治時代の頃か）は日本では〝読み書きそろばん〟といって、最低限の勉強をして、多くの人がこの事は必要だと納得していたわけです。今は何が最低必要なのでしょうか？

今、昔は多くの人が納得していたと書きましたが、細かく言うとちょっと違って、〝うちの男の子は家の家業を継ぐんだから、上の学校には行かなくていい〟とか、〝女の子は嫁に行くんだから料理裁縫ができればいい、学問なんか必要ない〟とか言う人も多かったのですが。現日本人の皆さんは何の勉強が必要と思っておられるのでしょう、色々な方の意見を聞いてみたいものです。

個人的には生徒さんなどを見ていて、〝世に出るのにこの事は知っていて欲しい〟と思うことがあり、音楽に関係なくなりますが、次に一つ要望を書きます。

お金で困っている生徒さんを見ることがあって、「世の中のお金の流れ、仕組み」という知識は必須では？　と思う気持が強いです。世で〝還付金詐欺〟がなくならないのを見ても、義務教育でこの程度の事は教えておいて欲しいです。２０２０年頃から、お金の勉強とかの名目で、投資方法などを教え始めたところがあると聞きますが、それ以前に、税金の仕組み＝税金がどこからどこへ行っているのか？　の方が基本でしょう。さらに言うと税金の使い道の一部を見せて、税金のおかげで皆がいい生活ができます、などという教育（宣伝？）ではないお金のすべての流れを教えておいて欲しいです。

世の中に対して子どもが持つ疑問

10歳代の生徒さんが反発を覚えるのは、親、学校に対するものだけではなく、世の中に対して、というものもあります。高校生の女の子から。
「世の中に色々な問題があるっていうことをニュースでよくやっているんだけど、どうして世の中ではすぐ問題が改善されないんですか？　すぐ変えればいいのに」と言っていました。

これをもし聞かれたら、大人の方は何と答えますか？　私もこの子がこれを言いたくなるのがわかるんですよね、私も若い頃は同じように思っていましたから。そして１９６０年代70年代の学生運動の人たちも同じような感覚で、即変革、革命、を叫んでいました。しかし大人になると、世の問題解決とは、世の仕組みを変える事で、それは一朝一夕ではなかなかできるものではない、とわかってきます（また、人の心が変わるスピードも遅い)。

しかしだからと言って、この女の子の発言を放っておいていいのでしょうか？　もう少し考えてみます、時間がかかると言ってもどれだけかかってもいい（許される）というものではないでしょう、期限をつける、目標を立てる、という事は大切だと思います。

日本を見回してよく意見を聞くのは「裁判で決着がつくのが遅過ぎる、その間、裁判に関わった人の人生が長く縛られる」というものですが、確かに問題ではないのかな？　かと思えば、選挙の時は、公示日から選挙速報で当確が出るまで、2週間程度の速さ。当確の出る速さも、開票率が数％の時に既に発表されてしまう。もっとゆっくり考えさせてくれ、と言いたくなる意見も出てきます。世の行動（や変化）には適度なスピードというものがありはしないか？　この問題は重要だと感じています。

ここからは、前作『女と男のはなし』に関連した事を書いていきます。前作で、親の不仲で一番傷つくのは本人たちよりその子ではないか？　という考えを述べました。その例の続きです。

子どもの立場から眺めてみます。

親が離婚をしたり、不仲の子どもは苦労しています

中学生の女の子の生徒さんの小さい頃の話。両親が口げんかをした時、この両親は口癖で「離婚する」と口走るそうです。この女の子は、お父さんの方に向かっていってお父さんを叩いて泣きながら、「離婚しちゃあやだ～」と言い、お母さんの方に向かっていって、やはり同じことをしたそうです。この両親は、笑いながらその子に「冗談だよ」と言ったそうです。

これを読んだ方はどう思います？　けんか言葉に「離婚」を出していいと思います？私は冗談で子どもを傷つける言葉は好かないですね。

高校生の女の子の生徒さんの話。あるレッスン日、いつものレッスンと違ってよそゆき、お呼ばれ服を着て現れました。私が、「今日は、レッスンの後お出かけね」と言うと、「今日は、お父さんに会ってお金をもらう日なんです。お父さんにはちゃんとした服を着てき

ちんとした態度ではないとお金がもらえないから」との答でした。

これを読んだ方は、このことをどう思います？　離婚しないで、しかも夫婦仲良くしている家庭の子どもは、こんなよそゆきな緊張感は必要のないくつろぎの中にいますよね。日本の法律では、離婚時に決められた慰謝料と養育費については、もし支払わなかったからといって罰則がないそうですね。そこでお母さんが考えた（お父さんも同意した？）方法は、子どもをお父さんに会わせてお金を得る方法だったのです。その結果、この女の子のように子どもが心理的な負担を感じなくてはならなくなります。離婚した親の子どもはかわいそうだと思います。


20歳代の女性の生徒さんの話。もうすぐめでたく結婚式をすることが決まったのは良かったのですが、結婚式をするにあたって悩んでいました、彼女の両親は離婚しています。「自分の結婚式に、離婚はしているけれど両親共に出て欲しい。お父さんは出てくれるって言ってくれたんだけど、お母さんはお父さんに会いたくないから結婚式には出ないって言っているんです」と言っていました。

これを読んだ方はこの話をどう思います？　先の例と同じように、離婚した親の子どもだけに訪れる悩みですよね。私はやっぱり子どもの味方をします。

18歳位の女の子の生徒さんの話、両親が離婚直前の別居状態がずっと続いている状況です。お父さんと話すのもお母さんと話すのも気を使うし嫌だと言っていました。「お父さんのところに行くと、『お母さんにはこんなイヤなところがあるのはお前も知ってるだろ、お父さんがお母さんと離婚したくなるのがわかるだろ』と言うんです。お母さんは、『お父さんってこんなイヤな人よねぇ』と言うから、私は『イヤなところばかりではないと思うけど』と言いかけると、『お前はお父さんの味方をするわけ？』と気色ばむんです」とのことでした。彼女には、弟妹がいて、「こんなイヤな思いは姉の私だけで十分だ、と思い、両親の愚痴は自分一人で引き受けるようにしている」とも言っていました。この苦労を小学生高学年の頃からずっとやっているんだそうです。

子どもが、親のためにこんな心理的な苦労をしていいんですかね。しかしこれを離婚した親御さんや、ケンカ中の親御さんが読むと、「離婚するのは仕方がない理由があるからですよ」と答が返ってくるのでしょうね、色々な事情があるのは当然です、ができる限り子どもに悪影響を及ぼさないようにしていただきたいものです。子どもに関係ないところで自分たちだけで事を済ませてもらいたいものです。

息子とお母さんの間柄がいいものに見えない日本

では次。ここでやっと、子育て中のお父さんにお願いしたい事を書きます。お母さんは妊娠出産育児と頑張ってきたのですが、子どもが大きくなるにつれ、お母さんが障害物となって立ちはだかることが出てくるのです、男の子にとっても女の子にとっても（あらかじめ言っておきますが、一口にお母さんと言っても全部のお母さんがそうだと言っているわけではありません）。また、男の子の方により問題が現れます。

その前に、お父さんと子どもの関係はどうなっているのか見ておきます。

発表パーティの後の打ち上げ飲み会の時に、たまたまお父さんをやっている人二人の近くに座りました。二人ともお子さんは女の子のみです。

「お父さんは女の子には優しく育てているんでしょうけど、もし男の子がいたらもっと厳

しく育てるのでしょうね」と聞くと、

「男の子には女の子とは違って厳しくなりますよ」と異口同音なお答。

「厳しさは、2倍ぐらいですかね」と聞くと、

「2倍どこじゃないよ」とお二人とも語気強く異口同音に即答。

この発言の勢いに私は一瞬たじろぎました。


では、男の子とお母さんの話。同業者、10歳代後半の娘さん息子さん一人ずつのお母さん。

「私は、娘と仲がいいの。息子は私の買物（お母さんの洋服など）に付き合ってくれないからつまらない」と言っていました。


社会人になっている息子を持つお母さんの話。

「うちの息子にメールを送っても返ってくる返事が絵文字1つだけなんですよ〜全くぅ」と不満を言っていました（絵文字とは例えば親指1つ立てているものなど）。

20歳位の男性で私の教室の生徒さんがいます。この人のお母さんから電話が掛かってきました。

「うちの息子が何を考えているのかわからないんです、先生（筆者私のこと）の方には色々なことを話しているようですが、何を話しているのか教えて欲しいのです、今度私のおごりで一緒に飲んでお話し下さいますか？」とのお願い事。

私はお断りをしました、スパイになれと言われているようですからね。

このように、〝息子が何を考えているかわからない〟と言うお母さんは少なくないように見受けられます。しかしながら、私の教室では男の子はよくしゃべるのでお母さんに不思議がられます。

10歳代後半の女の子と男の子一人ずつのお母さんである生徒さんから。

「息子は、私を嫌がって避けるし、口もきいてくれません、お父さんとはしゃべっていますが」と言っていました。

このように、息子に避けられているお母さんも少なくないように見受けられます。これを読んでいる方は、事情を知らないとしても息子さんに味方しますか？　それともお母さんに味方しますか？

音楽をやっている、お子さんは息子さんだけの女性の話。一家全員一緒に暮らしていたのですが、夫が転勤になり、一緒に行こうと思えば行ける状況でしたが、「行きたくない」と言って、家族がバラバラになりました。

「夫と一緒にいると色々と嫌な事があるので一緒に暮らしたくないけれど、息子を好きなので息子と一緒に暮らすことを選んだ」とその女性は言っていました。といっても息子さんは、お父さんと暮らしたがったり、一人暮らしをしたがったりしているようで、必ずしも〝お母さんと一緒に暮らしたい〟と言ったわけではないようなのですが。

ここには夫と仲良くやっていない女性にありがちな、その欲求不満を息子によって解消しようとする母親の姿が見られます、これもよく聞く話です。

お孫さんもいる70歳代女性の話。息子さん二人持ち、内一人は既婚、一人は独身。この女性が生徒さんの時には、とってもいい人に見えていました。「音楽は楽しい」そうで、発表パーティにも習って間もない演奏を頑張って披露します。

ですが、息子さんに関係することになると、私からすると人間がガラッと変わり、息子さんの妻の悪口（ほめたことは一度もなし）と、もう一人の息子さん（当時40歳代）が結婚を希望している相手女性の悪口を言い始めます。結婚にも反対しているとのことです。理由は、本人に特に悪いところはないが、〝未来にわたって、息子を大切にするかどうか保証がない〟とのことです。また、彼女は息子さんの恋人から来る手紙をこっそり読む（！）そうです。読んだ後、「笑っちゃうようなことが書いてある」と言っていました。

こんなことしていいの？　と思いますよね。ところで法律ではどうなっているのでしょう？　詳しい方に教えて欲しいものですが、これに限らず夫の携帯、スマホなどを断りなくチェックする妻などは、法的にはどうなのでしょう？

同業者から。彼女はマンション暮らしでその一室にピアノを置き、生徒さんをとってレッスンをしていました、完全ではありませんが、防音工事を施してはありました。ある時、マンションの一階上の一番端の女性からクレームの電話が掛かってきました。「お宅のピアノの音がうるさかったおかげで、うちの息子が東大入試に合格しなかったんですよ」との怨み言。説明しておきますが、建物の中での音の回りは必ずしも近い所が一番うるさくなるというわけではないのですが。このクレーム母の発言には納得する方はいないでしょう。

これらの例を見て、息子と母親、いい感じではないものが日本の社会には多く存在しているように見受けられます。そしてすべて、母親には同情できないものばかりです。

日本中で有名な〝電話で詐欺、オレオレ詐欺〟に引っ掛かる人のほぼ85％パーセントが高齢女性だそうです。この犯罪、2023年になっても衰える兆しが見えません。やはりこの犯罪に引っ掛かる例からも、母親と息子関係のいい感じのしないものを感じます。オレオレ詐欺から見えてくるものは、母が息子に対して溺愛している姿ではないでしょうか。「お金に困っている」と言われたら、理由も何も考慮せず、即座にお金を出す母親なのですからね。

初めの方で書きました、娘の結婚にさみしさを感じる男親の歌には共感を得られるものがあるのに、母親と息子の関係には歌にしていい感じになるものがないのはこういう日本の親子関係があるからだ、と見えてきます。男親には抑制力が感じられるのに対し、女親には欲望むき出し感があるのですよね。このむき出し感が他人からすると〝感じ悪いもの〟に見えるのです。

前著『女と男のはなし』でも書きました少子化はなぜ進む？　の一つの答がここにあります、女親で息子を手放したくない、という人が増えているということ。これから結婚する女性からすれば、男性のバックにこういう母親がいるとわかれば、結婚に躊躇してしまうのも当然です。


さて、私の音楽教室では男の子はよくしゃべる、と書きましたが、何をしゃべっているのかを書いてみます。サッカーワールドカップの話やテニスのワールドランキング上位の選手の話になると、止まらなくなったり、徳川家康、スティーブ・ジョブス、G7の話を興味を持って話したり（私はこれらの話に詳しいわけではなく、通り一遍の知識しかありません）、ほかには、近所にある商業施設AとBはどちらが経営が上手いか、とか自分の町の町会と隣の町会との考えの違いとか。こちらが、「そろそろ音楽しようよ」と言ってやっと音楽が始まったりすることもあります。

また、生徒さんから聞いた、息子さんに好かれているお母さんの話も書いておきます。

このお母さんには女の子、男の子、一人ずついました。この女の子は大人になって私の教室に通いました、彼女の子どもの頃の話です。

「うちの母、いつも外で弟とキャッチボールをして遊んでいて、私のお家の中の遊びは一緒にやってくれなかった、弟は大人になった今でも母と仲良し、私とはもうちょっと遊んで欲しかった」と言っていました。

もし息子に話してもらいたいのならば、息子が話したくなるような話題をし、息子が興味のある事を一緒にし、息子に嫌がられない話し方をすればいいのではないでしょうか？

嫌がられない話し方とは、今まで書いてきた通り、〝しつこくない話し方〟です。

子育てをしているお父さんへのお願い

ここで初めの方に書いたお父さんへのお願いです。町の一音楽教室の教師から世の中を見ていてのお願いです。子どもが大人になっていくある段階で、息子（娘も）と母の間に入って、良い親子関係になるよう調整して欲しいのです、積極的に入り込んで欲しいのです。お母さんというものは、子どもがお腹の中にいる時から子どもとはスキンシップを取ることに慣れています。スキンシップ感からなかなか離れられない模様です。大人になったら大人になる子どもに合わせて関係を変えていく必要があると、女親にわからせる役、ここが男親の出番ではないのかと思う私でありました。

ここで今回の書は終わりになります。私の持つ子どもにまつわる話は全部書けた気がします。

本書にも書いたように、皆さんの意見を聞きたいことがいくつかあります。ご意見をお待ちします。

書いてみてわかりましたが、前作『女と男のはなし』に比べて、日本社会への問題提起が多くなったようです。子どもについての問題は広くまた深いものなのですね。今後これら色々な問題を一緒に考えていただけたら幸いです。

また、私にはこれまで仕事をしてきた中で、音楽と仕事、女と仕事、音楽と社会、について書きたいことが残っています。次回の書で皆さんにお目にかかれれば幸いです。

あとがき

この書は、1冊目『女と男のはなし～町の一音楽教師から見えた世の中～』に続く2冊目となります。

引き続きこの書を、文芸社さんのお力添えで出版することができてうれしく思っています。

この書を読んで、何かを思った方は、是非とも文芸社さんあてにお知らせ下さい。感想、意見、関係する自分の体験など、皆さんがどう思っているかが知りたいです。お寄せいただいたら、何らかの形でお返事は発表したいと思っています。

私の書が、読まれた方にとって子どもという存在、大人という存在、教育、子育てについて考えを進めるための一つのきっかけになれば幸いです。

私自身は、これまでの文中にも書きました、〝女と男〟〝子ども、大人、親〟以外にも、残されたテーマがたくさんあり、書いてまた発表しようと思います。

そちらの方もまた、次回の書が出た時に読んでいただければうれしいです。

草の実アイ

著者プロフィール

草の実 アイ（くさのみ あい）

20代よりパブ、クラブ、結婚式場で演奏の仕事を始める。並行して色々な音楽教室に雇われ講師業を始める。30代は音楽専門学校講師もつとめる。40代より自分主宰の音楽教室を経営し始める。現在、仕事を縮小し、経験に基づいた文を書き始めている。

関東圏在住。

著書『女と男のはなし～町の一音楽教師から見えた世の中～』(2023年　文芸社)

子どもと大人と親のはなし
～町の一音楽教師から見えた世の中～

2024年4月15日　初版第1刷発行

著　者　草の実 アイ
発行者　瓜谷 綱延
発行所　株式会社文芸社
〒160-0022　東京都新宿区新宿1－10－1
電話　03-5369-3060（代表）
03-5369-2299（販売）

印刷所　株式会社エーヴィスシステムズ

ISBN978-4-286-24986-5　JASRAC 出 2310098－301